Fenna Janssen

Ein Sommer in Rimini

 aufbau taschenbuch

Fenna Janssen wurde in Lübeck geboren und wuchs in Hamburg auf. Viele Jahre war sie als Journalistin für diverse Zeitungen tätig. Inzwischen arbeitet sie erfolgreich als Autorin und bleibt auch in ihren Büchern ihrer norddeutschen Heimat treu – widmet sich aber ebenso gern ihrer Wahlheimat Italien.

Im Aufbau Taschenbuch sind ebenfalls ihre Romane »Der kleine Inselladen«, »Das kleine Eiscafé«, »Die kleine Strandbar«, »Die kleine Inseltöpferei« und »Die kleine Inselschule« erschienen.

Die junge Köchin Nina hat einen der heiß begehrten Jobs im Hotel »Vier Jahreszeiten« ergattert, doch als Frau hat sie es alles andere als leicht: Im Gegensatz zu ihren männlichen Kollegen darf sie nur Gemüse schnippeln. Zum Glück ist da ihre Freundin Henni, die sie aufmuntert. Henni träumt von Italien, und als ein italienischer Geschäftsmann Nina eine Stelle im »Grand Hotel« in Rimini anbietet, machen sich die beiden kurzerhand mit Hennis kleiner Isetta auf den Weg. Während Henni das süße Leben genießt, schuftet Nina in der Küche des »Grand Hotels« und kämpft um die Anerkennung ihrer Kollegen, die der Deutschen gegenüber zunächst skeptisch sind. Und nicht zuletzt ist da auch noch der Italienischlehrer Piero, der ihr Herz höher schlagen lässt …

Fenna Janssen

Ein Sommer in Rimini

Roman

atb aufbau taschenbuch

ISBN 978-3-7466-4155-3

Aufbau Taschenbuch ist eine Marke
der Aufbau Verlage GmbH & Co. KG

1. Auflage 2025
Vollständige Taschenbuchausgabe
© Aufbau Verlage GmbH & Co. KG, Berlin 2022
www.aufbau-verlage.de
10969 Berlin, Prinzenstraße 85
Der Verlag behält sich das Text- und Data-Mining
nach § 44b UrhG vor, was hiermit Dritten
ohne Zustimmung des Verlages untersagt ist.
Bei Fragen zur Sicherheit unserer Produkte wenden Sie sich
bitte an produktsicherheit@aufbau-verlage.de.
Umschlaggestaltung www.buerosued.de, München
unter Verwendung eines Motivs von
© Mauritius / Pitopia / Conny Breisacher
Satz Greiner & Reichel, Köln
Druck und Binden CPI books GmbH, Leck, Germany

Printed in Germany

Für meine deutschen Freundinnen,
die wie ich Italien zu ihrer Heimat erkoren haben.
Annette, Inge, Marianne, Martina, Sabine, Ursula –
ihr seid die Besten.

1. Kapitel

HAMBURG, JUNI 1955

Schon als sie um die Straßenecke bog, stieg ihr der Brandgeruch in die Nase. Ninas Herz setzte einen Schlag lang aus, und sie blieb mitten auf dem Bürgersteig stehen. Instinktiv krallte sie die Finger um ihr Einkaufsnetz. Zwölf Jahre verglühten wie ein Streichholz, und über Hamburg zog wieder der verheerende Feuersturm hinweg. Nina glaubte, die Sirenen zu hören, dann die sirrenden Bomben; sie sah die flüchtenden Menschen, spürte die alles verzehrende Hitze, ehe unbekannte Hände sie in einen Schutzkeller schoben.

Jemand rempelte sie an.

»Wat stehste hier rum wie bestellt und nicht abgeholt, Deern?«, zeterte eine alte Frau und schob sich an Nina vorbei. »Ist ja gemeingefährlich!«

Beinahe dankbar sah Nina der Frau nach, die sie ins Hier und Jetzt zurückgeholt hatte.

Langsam setzte sie sich wieder in Bewegung. Ihr Blick fiel auf Baulücken zwischen den großen Mietshäusern, auf verrammelte Läden, auf umherstreunende Kinder in fadenscheinigen Kleidchen oder zerschlissenen kurzen Hosen. Das schöne deutsche Wirtschaftswunder war in diesem Teil des alten Hamburger Arbeiterviertels Barmbek noch nicht so recht angekommen. Über der Fuhlsbüttler Straße, wo Nina vor ein paar Minuten aus dem Bus gestiegen war, lag bereits der helle Glanz des Wiederaufbaus. Die Schaufenster der Geschäfte quollen über vor verlockenden Angeboten, und die Menschen gingen selbstbewusst ihren Aufgaben nach. Doch kaum hatte sie die breite Fuhle hinter sich gelassen, war es, als tauchte sie in eine andere, eine vergessene Welt ein.

Müde rieb sich Nina über die Augen.

Das ist nur die Erschöpfung, sagte sie sich. Nach zehn Stunden Schicht war das auch kein Wunder.

Erneut roch sie Verbranntes, aber diesmal zwang sie sich, ruhig weiterzugehen. Nina verfügte über einen besonders ausgeprägten Geruchssinn. In ihrem Beruf als Köchin war das ein Vorteil, im alltäglichen Leben konnte es ein Fluch sein.

Bestimmt war das Henni, die sich in der Küche zu schaffen machte. Ihre Freundin besaß eine Menge Talente, doch Kochen gehörte nicht dazu.

Nina stieg die Stufen zu der Wohnung hinunter, die sie sich mit Henni teilte. Henriette Spiegel, so ihr voller Name, behauptete gern, sie wohne schick im Souterrain. Nina hingegen nannte die Dinge lieber beim Namen und gab freimütig zu, dass sie in einer Kellerwohnung lebte. Aber das war immer noch besser als die Nissenhütte im Stadtpark, in der sie bei Kriegsende zusammen mit zwanzig anderen Frauen gehaust hatte.

»Tut mir leid!«, rief Henni ihr entgegen. »Das sollten Kartoffelpuffer werden.«

Nina blickte zu dem alten Holzkohleherd. Darauf stand die gusseiserne Pfanne, die noch von ihrer Großmutter stammte. Kleine pechschwarze Klumpen klebten am Boden.

»Wirklich?«, fragte sie, mehr überrascht als verärgert. »Ich habe gedacht, du wolltest Briketts machen.«

Henni starrte Nina ein paar Sekunden lang an, dann lachte sie. Sie besaß ein lautes Lachen, das früher durch ganz Ostpreußen geschallt haben mochte, inzwischen aber nur noch die Kellerwohnung mit Fröhlichkeit erfüllte.

Nina dachte daran, dass Henni schon eine ganze Weile nicht mehr so ausgelassen gelacht hatte, und sie war froh, dass sie mit ihrem kleinen Scherz dazu beigetragen hatte. Ihre Mundwinkel verzogen sich zu einem Lächeln, während sie die niedrige Eingangstür weit aufriss, damit der Brandgeruch besser entweichen konnte. Das schmale hoch gelegene Fenster zur Straße reichte bei Weitem nicht aus.

Ja, Henni war eine Katastrophe am Herd, aber ihre so ansteckende Lebensfreude machte das wieder wett. Sie war neunundfünfzig Jahre alt und damit fast dreißig Jahre älter als Nina, aber nie versuchte sie, aus ihrer größeren Lebenserfahrung einen Vorteil zu ziehen.

»Wir beide tun uns zusammen«, hatte sie vor bald acht Jahren auf dem Amt für Raumbewirtschaftung zu einer verzweifelten Nina gesagt. »Du weißt nicht wohin, und ich auch nicht. Zu zweit finden wir schon was.«

Misstrauisch hatte Nina damals diese kleine, knochige, aber energische ältere Frau angesehen. Wer war sie? Was wollte sie ausgerechnet von ihr?

»Du siehst aus, als hättest du keine Familie mehr«, hatte Henni trocken bemerkt. »Wie heißt du?«

»Nina Jacobi«, hatte sie im Flüsterton zurückgegeben.

»Eltern? Ehemann? Kinder?«

Mehr als ein Kopfschütteln war ihr nicht gelungen.

»Tja, Pech. Schätze mal, dein Mann hat sein Leben für Führer, Volk und Vaterland gegeben, bevor er dir Kinder schenken konnte.«

Nina hatte sich gefragt, ob die Frau hellsehen konnte, war aber zu schüchtern gewesen, um sich danach zu erkundigen. Auch fand sie es merkwürdig, geduzt zu werden, aber bevor sie etwas sagen konnte, sprach die Fremde schon weiter: »Tja, bei mir sieht's auch nicht besser aus, falls dich das tröstet. Mein Oller hat sich lieber selbst mit seiner Jagdflinte einen Kopfschuss verpasst, als zuzusehen, wie die Russen sein schönes Landgut in Besitz nehmen. Ein Dummkopf und ein Feigling – das war er.«

Hinter der schnodderigen Art hatte ein tiefer Kummer gesessen, den auch Nina nur zu gut kannte, und ein Schluchzer war in ihrer Kehle aufgestiegen.

»Fang bloß nicht an zu heulen, das kann ich nicht ausstehen. Außerdem bist du zu schön dafür. So langbeinig, blond und blauäugig. Bloß ein bisschen zu dünn und flachbrüstig, aber das kriegen wir schon hin.«

Kein Wort hatte sie über Ninas kühn vorspringende Nase verloren. Die war der einzige Makel in ihrem ansonsten nahezu perfekt geschnittenen Gesicht. In ihrer

Kindheit war sie von gemeinen Schulkameraden deshalb »Zinken-Nina« gerufen worden, aber ihre Großmutter Martha hatte ihr gesagt, sie solle sich nichts daraus machen. Der liebe Gott habe bloß dafür gesorgt, dass sie nicht allzu schön werde, denn Eitelkeit verdürbe den Charakter.

Die Fremde hatte ihrer Nase nicht mal einen zweiten Blick gegönnt.

»Allerdings kann ich nicht kochen«, hatte sie bloß hinzugefügt.

»Ich schon.«

»Na, das ist ja prima. Ich bin dafür gut im Organisieren. Zusammen werden wir eine unschlagbare Mannschaft. Ab sofort sind wir eine Familie.«

So einfach war das gewesen, und Nina wäre im Traum nicht eingefallen, sich dieser energischen Frau zu widersetzen.

Inzwischen waren sie tatsächlich eine kleine Familie geworden und hatten sich eingerichtet in ihrem gemeinsamen Leben. Nina hatte im Laufe der Jahre sogar ein paar Kilo zugelegt, und wenn sie heute über den Jungfernstieg an der Binnenalster spazierte, zog sie reihenweise interessierte Männerblicke auf sich. Meist war ihr das aber unangenehm. Nina war zu Bescheidenheit erzogen worden. Wieder huschte ihr Blick zu der gusseisernen Pfanne.

Hoffentlich ist die noch zu retten, überlegte sie bedrückt. Die Pfanne war eines der wenigen Dinge, die ihr von ihrer Großmutter geblieben waren.

»Kriege ich schon wieder hin«, versprach Henni, schnappte sich die Pfanne und trug sie zum Spülstein. Die karge Kücheneinrichtung war nachträglich eingebaut worden, und nur ein grauer Vorhang trennte diesen Bereich von der übrigen Wohnung. Dahinter befand sich ein Raum, den Henni großspurig Salon nannte, der jedoch nur Platz für ein schmales Sofa, einen zerschlissenen Ohrensessel, ein ziemlich imposantes Büfett und ein Tischchen mit einem Kofferradio darauf bot.

Daran wiederum schlossen sich ihre jeweiligen Schlafkammern an, die durch eine dünne Sperrholzwand getrennt waren, und ganz hinten befand sich ein Klosett. Ein Waschbecken oder gar eine Dusche gab es nicht. Die beiden Frauen wuschen sich vorn am Spülstein, und Nina erinnerte sich noch sehr gut daran, wie glücklich sie bei ihrem Einzug über das fließend kalte und manchmal sogar warme Wasser gewesen war.

Damals hatten sie beide das große Los gezogen, inzwischen gehörten sie zu den Hamburgern, die zurückgeblieben waren im rasanten neuen Leben. Aber jedes Mal, wenn Nina vorschlug, sie könnten sich doch mal nach einer besseren Bleibe umsehen – immerhin bekam sie ein festes Gehalt, und schon vor Jahren war Hennis Witwenrente bewilligt worden –, da blitzte in den Augen ihrer Freundin ein Leuchten auf, und sie behauptete, sie müssten weiterhin sparen und so bescheiden wohnen, damit ihr Plan aufginge. Was für ein Plan das war, verriet sie nicht. Womöglich wusste sie es selbst nicht so genau.

Nina hatte es schließlich aufgegeben. Sie würde eben

ein Kellerkind bleiben. So schlimm war das gar nicht. Nur ein richtiges Badezimmer, das wäre wunderbar.

Während Henni sich nun mit Drahtbürste und Scheuerpulver an der Pfanne zu schaffen machte und dabei immer wieder einen schuldbewussten Blick über die Schulter warf, ging Nina zum Küchentisch. Er war in der Mitte durchgesägt und mit neuen Beinen versehen worden, um in die Wohnung zu passen, genügte aber bis heute ihren Ansprüchen. Sie legte das Einkaufsnetz darauf ab und packte ihre Schätze aus. Roggenbrot, Marmelade, Mehl, Eier, Zucker und …

»Ananas!«, rief Henni begeistert, wirbelte herum und packte die Dose mit rußgeschwärzten, tropfenden Fingern. »Nina, mein Goldstück. Ich könnte dich küssen.«

»Lieber nicht«, gab sie lachend zurück. »Sonst bin ich auch voller schwarzer Flecke.«

Als sie am Morgen auf dem Weg zur Arbeit eingekauft hatte, war ihr klar gewesen, dass eine Dose Ananas ihr Wochenbudget eindeutig überschreiten würde. Aber sie hatte sich daran erinnert, wie bedrückt Henni seit Tagen schon wirkte. Das passte so gar nicht zu der eisernen Frohnatur, die Nina kannte. Also hatte sie volle zwei Mark dafür ausgegeben und sich den ganzen Tag auf Hennis glückliches Gesicht gefreut.

»Ich dachte, ich mache uns Pfannkuchen«, schlug sie nun vor.

»Das wäre wunderbar!« Henni leckte sich genüsslich die Lippen. Dann wandte sie sich wieder zum Spülstein um und schrubbte mit neuer Energie.

Nina lächelte in sich hinein, während sie sich rasch eine Schürze umband. Ihr ausgebleichtes Sommerkleid war zwar kaum noch zu ruinieren, aber sie brauchte es morgen wieder für die Busfahrt.

Dann holte sie eine Glasschüssel aus dem Büfett hinter dem Vorhang, vermischte Mehl, Eier, Zucker und Wasser miteinander und gab schließlich einen guten Schuss Dosenmilch hinzu. Schließlich vermengte sie vorsichtig die Stückchen der Ananas mit dem Teig. Den Saft kippte sie in ein Glas.

Wenig später ließ sie einen Klecks Margarine und die erste Portion Teig in die Pfanne gleiten.

Als vier große Pfannkuchen gebacken waren, bat sie Henni zu Tisch. Sie aßen schweigend. Wieder musste Nina schmunzeln, denn Henni rollte übertrieben mit den Augen, als sie den Ananassaft trank.

»Himmlisch!«, stieß sie aus. »Ich möchte den Rest meines Lebens dort verbringen, wo diese Früchte an den Bäumen wachsen.«

»Auf Hawaii?«, hakte Nina nach. »Oder in Afrika?«

»Ach, Italien würde mir schon reichen.«

Ein sehnsuchtsvolles Leuchten trat in ihre Augen, und Nina fragte sich argwöhnisch, ob Henni womöglich fortgehen wollte. War die Freundin deshalb in letzter Zeit so niedergeschlagen? Hielt sie es in der Kellerwohnung nicht mehr aus? Der Gedanke, Henni könnte sie verlassen, traf sie wie ein Stich ins Herz.

Da sprang Henni auf, lief hinter den Vorhang, und kurz darauf erschallte aus dem Radio einer dieser Gassenhauer, denen man derzeit nirgends entkam. *Wenn bei Capri die rote Sonne im Meer versinkt …*

Nina seufzte. Sie verstand nicht recht, warum das Lied der Capri-Fischer bei vielen Leuten so große Sehnsucht weckte. Im Hamburger Abendblatt stand, dass jeder, der es sich leisten konnte, in den Urlaub nach Italien fuhr. Nach der Fresswelle war die Reisewelle angebrochen, und die Karawanen zogen über die Alpen an die Adria und ans Mittelmeer. Warum bloß? Sie selbst verspürte keinerlei Bedürfnis danach, ein Land zu besuchen, das so weit weg und so fremd war.

Sie versuchte, den Schlager auszublenden, und stellte die Teller ineinander.

Henni packte sie am Handgelenk und deutete fragend auf das Pflaster an Ninas Zeigefinger. »Das sieht ziemlich übel aus.«

»Unsinn.«

Sie wollte ihre Hand zurückziehen, Henni hielt sie jedoch mit eiserner Kraft fest.

»So langsam siehst du aus wie ein Hackbrett.«

»Herzlichen Dank.«

Nina grinste, aber ihre Freundin ließ sich nicht ablenken.

»Wie kann es sein, dass du nach drei Jahren immer noch bloß Gemüse schnippeln darfst? Noch dazu mit stumpfen Messern?«

Nicht zum ersten Mal bedauerte es Nina, Henni in einem schwachen Moment ihr Herz ausgeschüttet zu haben. Ihre Freundin neigte dazu, die Dinge zu dramatisieren. Nur wenige hatten das Glück, in der Küche des berühmten Restaurants *Haerlin* im Luxushotel *Vier Jahreszeiten* arbeiten zu dürfen. Und es war nicht überraschend, dass die zuletzt eingestellte Köchin die niederen Arbeiten verrichten musste.

Na ja, wenn sie ehrlich war, war sie gar nicht mehr der Neuankömmling. Nach ihr waren bereits weitere drei Jungköche eingestellt worden. Aber das waren Männer.

»Dieser verdammte Bastard!«, schimpfte Henni und meinte damit Ninas direkten Vorgesetzten. »Der wird dich immer noch kleinhalten wollen, wenn du schon ins Rentenalter kommst.«

»Lass gut sein«, bat Nina und wollte erneut ihre Hand zurückziehen. Wieder hatte sie keinen Erfolg. Das Gezerre ließ den Schnitt aufplatzen, und das Pflaster färbte sich rot.

»Das müssen wir neu verarzten«, entschied Henni.

Endlich ließ sie Ninas Handgelenk los, ging zum Büfett und kam mit einem Erste-Hilfe-Köfferchen wieder. Sie nahm das alte Pflaster ab, träufelte Jod auf den Schnitt und verband den Finger neu.

»Wenn du nicht besser aufpasst, bist du bald den einen oder anderen Finger los.«

Nina stöhnte auf. »Ich habe dir gesagt, dass ich schnell arbeiten muss.«

»Ja, ja, schon gut. Ich verstehe nichts vom Küchenbetrieb. Trotzdem denke ich, du wärst woanders besser aufgehoben.«

»Ach, Henni. Darüber haben wir doch schon oft geredet. Das Gehalt ist ordentlich, und das Vier Jahreszeiten ist eine der ersten Adressen Hamburgs. Ich habe das große Los gezogen.«

Henni erwiderte nichts, sondern blickte nur angestrengt auf Ninas von unzähligen längeren und kürzeren Narben durchzogene Hände.

Schließlich brachte sie das Köfferchen weg, kam zurück und setzte sich wieder. Ihre Stirn war gerunzelt, ihre sonst so leuchtend grünen Augen blickten matt auf einen feuchten Fleck an der Kellerwand.

»Was ist mit dir?«, fragte Nina sanft. »Du bist in letzter Zeit so bedrückt.«

Henni fuhr sich durch das dichte graue Haar. »Nichts. Es ist alles in Ordnung.«

»Du schwindelst. Seit ich dich kenne, warst du immer voller Energie. Bist du ... bist du etwa krank?«

Die Vorstellung, ihre Freundin könnte irgendwann nicht mehr da sein, erfüllte sie mit Furcht.

Henni tippte sich mit dem Fingerknöchel gegen die Stirn. »Kann sein, aber nur da drinnen.«

»Das verstehe ich nicht.«

»Ich fühle mich alt, Nina. Bald werde ich sechzig.«

»Aber doch erst nächstes Jahr! Wir haben im Mai deinen neunundfünfzigsten Geburtstag gefeiert.«

»Eben. Jetzt haben wir Mitte Juni. Das heißt, in elf Monaten bin ich eine Greisin.«

»So ein Quatsch!«

Henni blickte sie scharf an. »Und du? Hast du nicht das Gefühl, das Leben zerrinnt dir zwischen den Fingern? Du bist einunddreißig, Nina. Auch nicht mehr die Jüngste.«

Sie schluckte. »Was willst du damit sagen?«

»Ach, mein Goldstück. Ich meine es nicht böse. Du könntest es noch schaffen. Einen Mann finden, eine Familie gründen. Das ganze hübsche Lebenspäckchen schnüren. Du solltest dich nicht länger an eine alte Frau wie mich binden.«

Endlich begriff Nina. »Du denkst, ich finde mein wahres Glück nicht, wenn ich hier bei dir bleibe.«

»Mhm.«

Sie griff nach Hennis Händen. Sie waren zerfurcht und ledrig von einem Leben auf einem Landgut in Ostpreußen.

»Mach dir keine Sorgen. Wenn morgen mein Märchenprinz um die Ecke geritten kommt, bin ich schneller weg, als du gucken kannst. Die Wahrscheinlichkeit ist aber eher gering. Bekanntlich sind nach dem Krieg nicht mehr viele Männer übrig geblieben, und die meisten von ihnen haben bereits eine Frau. Außerdem hätte ich keine Lust, das Heimchen am Herd zu werden. Ich bin gern berufstätig.«

»Vielleicht müsstest du woanders nach ihm suchen«, meinte Henni gedankenverloren.

»Woanders? Wo denn? Ich glaube kaum, dass meine Chancen in München oder in Frankfurt besser stehen.«

Henni summte leise die Melodie, die vorhin noch im Radio erklungen war.

»Ausgeschlossen!«, rief Nina erschrocken. »Ich werde ganz bestimmt nicht mit dir nach Italien fahren!«

»Warum nicht?«, fragte Henni ruhig. »Was hält dich hier noch?«

»Nun, da wäre zum Beispiel meine Arbeit …«

»Papperlapapp«, fiel Henni ihr ins Wort. »Du kannst überall auf der Welt kochen.«

Nina sah sie mit großen Augen an. Was, um Himmels willen, hatte Henni vor?

»Wird ja nicht so schwer sein, ein paar Makkaroni ins Wasser zu werfen«, fuhr ihre Freundin grinsend fort.

»Henni …«

»Ja, ja, ich weiß. Ich habe vom Kochen keine Ahnung. Dafür aber vom Leben. Also: Mal abgesehen von deiner Arbeit, warum willst du unbedingt in Hamburg bleiben? Wegen der schönen Erinnerungen an deinen Mann? Die kann man mitnehmen, weißt du? Die sind nämlich in deinem Kopf.«

Auf einmal fühlte Nina sich unendlich müde. Die lange Schicht und die Sorgen um Henni zerrten an ihr. Jetzt war nicht der richtige Zeitpunkt für eine solche Diskussion. Sie ließ den Kopf in die Hände sinken.

»Entschuldige«, sagte Henni prompt. »Du musst ja vollkommen erschöpft sein. Leg dich hin, mein Goldstück. Ich erledige den Abwasch.«

Doch als Nina dann in ihrem schmalen Bett lag, dauerte es lange, bis sie in den Schlaf fiel. Sie wusste, das Thema war für Henni noch lange nicht beendet. Als Letztes ging ihr noch das Lied der Capri-Fischer durch den Kopf. Wie ein nie enden wollender, störender Ohrwurm.

2. Kapitel

Frau Jacobi!«, rief der Souschef im Befehlston durch die Küche. Er hieß Jens Stern und war ein kleiner, korpulenter Mittfünfziger, der Nina stets wohlgesinnt war. Vermutlich erschrak sie deshalb so sehr. Ihr Puls raste, und ihre Hände zitterten. Schnell legte sie das Messer zur Seite, mit dem sie eine Gurke in feinste Scheiben schnitt.

»Frau Jacobi!«, wiederholte Jens Stern, noch ein bisschen lauter. »Kommen Sie mal her!«

Nina atmete ein paarmal tief durch und ging dann unter den teils mitfühlenden, teils hämischen Blicken ihrer Kollegen auf den Souschef zu. Sie musste erst an den Arbeitsplatten vorbei, auf denen Gemüse, Salat und Obst vorbereitet wurden, an den tief eingelassenen Spülen und schließlich an der langen Reihe Gasherde, wo es in großen und kleinen Töpfen dampfte und brodelte.

Im Kopf ging sie die Ereignisse der letzten Stunde durch. Es war Montagmittag, und für das Haerlin hatte es nur wenige Reservierungen gegeben. Also hatte Jens Stern das Kommando über die Küchenmannschaft übernommen, und Nina hatte die Salate zubereiten dürfen. In einem Anflug von Experimentierfreude hatte sie dem gemischten Salat Walnusskerne und Mandarinenschnitze beigefügt. Jens Stern hatte davon gekostet und anerkennend genickt. Und trotzdem hatte er ihr die Kreation nur für zwei Tische durchgehen lassen. An Tisch fünfzehn saß ein junges Paar aus Schweden auf Hochzeitsreise, das vermutlich gar nicht merken würde, was es da aß, hatte er Nina schmunzelnd erklärt. An Tisch sieben speiste ein italienischer Geschäftsmann, den Jens Stern persönlich kannte und von dem er wusste, dass er offen für kulinarische Neuigkeiten war.

Anscheinend nicht offen genug, überlegte Nina bange, während sie immer langsamer wurde. Der Italiener musste sich beschwert haben.

Sie kontrollierte rasch, ob ihr Haar noch fest im strengen Nackenknoten steckte. Darüber trug sie eine Haube, die sehr viel praktischer war als die hohen Kochmützen, die sich die Männer auf den Kopf setzten. Ihre Schürze hatte ein paar Flecken, aber daran konnte sie jetzt nichts ändern.

»Nun machen Sie schon!«, rief Jens Stern ihr entgegen. »Signore Benevento hat nicht den ganzen Tag Zeit!«

Nina blieb schlagartig stehen.

Was hatte das zu bedeuten?

Da gab jemand ihr einen kräftigen Schubs. Einer ihrer Kollegen konnte wohl nicht abwarten mitzuerleben, wie sie von einem wichtigen Gast heruntergeputzt wurde.

Sie stolperte vorwärts, hätte fast das Gleichgewicht verloren und wäre gefallen. Sie konnte sich gerade noch retten, indem sie sich am Ärmel des Souschefs festkrallte.

»Na, na«, sagte Jens Stern amüsiert. Neben ihm stand ein großer, in einen dunkelblauen Maßanzug gekleideter Mann, der den Mund zu einem schmalen Lächeln verzog. Sein dunkles, an den Schläfen ergrautes Haar war mit Pomade nach hinten gekämmt, seine Augen hatten die Farbe von schwarzen Oliven, und seine große gebogene Nase gab ihm ein raubvogelartiges Aussehen. Nina konnte sich nicht entscheiden, ob sie ihn attraktiv oder eher abschreckend fand. Das mochte aber auch an ihrem rasenden Puls liegen.

»Es … tut mir leid«, begann sie stockend. »Falls es Ihnen nicht geschmeckt hat …«

Der Mann brachte sie mit einer ungeduldigen Handbewegung zum Schweigen.

»Entschuldigen Sie sich nicht, Signorina«, sagte er in fast akzentfreiem Deutsch. »Ich wollte nur wissen, wer in dieser Küche so viel Mut besitzt, mal etwas Neues zu wagen. Walnusskerne und Mandarinen. Ich muss sagen, das war köstlich.«

Vor lauter Erleichterung wurden Nina die Knie weich. Sie war heilfroh, dass sie sich immer noch am Souschef festhielt.

Jens Stern strahlte über das ganze Gesicht. »Ja, unsere Frau Jacobi ist eine Wucht!«

Den Begriff schien der Gast nicht zu kennen, denn er schaute leicht verwirrt von einem zum anderen.

In diesem Moment entschied Nina, dass er gut aussah. Und die Nase – nun, da hatten sie etwas gemeinsam. Doch zum Glück war ihre eigene nicht ganz so krumm, sondern nur ziemlich markant.

»Gestatten, Maurizio Benevento, Geschäftsmann aus der Romagna.«

»Ich … dachte, Sie seien Italiener?«, fragte Nina, ehe sie sich bremsen konnte.

Benevento blinzelte, dann lachte er.

Jens Stern befreite sich endlich aus ihrem Klammergriff.

»Sie Dummerchen. Emilia-Romagna ist eine Region in Italien.«

»Ach so.« Viel schlauer war sie jetzt auch nicht, und sie wünschte, der Gast, der sie so in Verlegenheit brachte, möge wieder gehen.

»Genauer gesagt, komme ich aus Rimini«, erklärte Benevento.

Rimini, ach so. Das hätte er ihr auch gleich verraten können. Jeder Mensch, der Zeitung las oder Radio hörte, kannte Rimini. Der Ort an der Adria lockte die Urlauber mit weiten Stränden, blauem Meer und herrlichstem Sonnenschein.

»Ich muss jetzt wieder an die Arbeit«, sagte Nina schroffer als beabsichtigt.

Beneventos Miene verdüsterte sich. Offenbar war er es nicht gewohnt, von einer kleinen Angestellten abserviert zu werden.

»Können Sie noch mehr als Salate zubereiten?«, fragte er.

Sie presste die Lippen zusammen. Was sollte diese Fragerei?

»Und ob! Frau Jacobi ist eine hervorragende Köchin. Doch leider darf sie das nur selten unter Beweis stellen«, kam Jens Stern ihr zu Hilfe.

Nina spürte, wie sie rot wurde.

»Außerdem«, fuhr er fort, »verfügt sie über einen einzigartigen Geruchssinn, weil …«

Er stockte und brach ab, während Nina sich verlegen über die Nase rieb.

Benevento suchte ihren Blick, und für ein paar Sekunden verspürte sie eine innige Verbundenheit mit diesem fremden Mann. Vielleicht war er als Kind ebenfalls verspottet worden. Andererseits fiel ein solcher Schönheitsmakel bei einem Jungen sicher nicht so sehr ins Gewicht.

Nina musste sich zwingen, ihn nicht anzustarren. Also plapperte sie drauflos: »Meine Stärke ist die deutsche Hausmannskost. Rinderrouladen, Schweinebraten, oder auch Sülze – gut und deftig …«

»Sülze?«, fragte Benevento, dessen Wortschatz offenbar erneut an seine Grenzen stieß.

»Das sind verschiedene Fleisch- und Gemüsesorten, die in Gelee eingelegt werden«, beeilte sich Jens Stern zu erklären. »Frau Jacobi ist viel zu bescheiden. Sie sollten mal ihre Nordseescholle probieren. Ein Gedicht, sage ich Ihnen.«

Benevento nickte nachdenklich. »Und ich wette, Sie geben jedem Gericht eine besondere Note.«

Nina schwieg. Sie hoffte, der Gast würde wieder gehen. Doch den Gefallen tat er ihr nicht.

»Auch die Küche der Romagna basiert auf einfachen, aber nahrhaften Gerichten, wie sie schon unsere Großmütter zu kochen wussten. Manche Rezepte sind streng gehütete Familiengeheimnisse, die von Generation zu Generation weitergegeben werden.«

Unruhig suchte Nina nach einer Antwort, die ihn endlich dazu bringen würde, die Küche zu verlassen. Ihr fiel Hennis Bemerkung ein. »Wird ja nicht so schwer sein, ein paar Makkaroni ins Wasser zu werfen.«

Zu spät biss sie sich auf die Lippen.

Während Jens Stern neben ihr scharf die Luft einsog, wirkte Maurizio Benevento für einen Moment wie erstarrt. Herr im Himmel!, dachte Nina. Das war's mit dem Job. Ein Wort von dem Mann, und ich kann meine Papiere abholen.

Zu ihrer Verblüffung merkte sie jedoch, dass er breit grinste.

»Sie gefallen mir«, sagte er. »Eine Frau, die kein Blatt vor den Mund nimmt. Wann haben Sie Feierabend?«

Nina versuchte, ihr Entsetzen zu verbergen. Auf keinen Fall wollte sie diesen feinen Italiener wiedersehen. Schon gar nicht in ihrer Freizeit!

Aber Jens Stern verriet sie: »Um drei. Frau Jacobi hatte heute die Frühschicht.«

»Sehr schön.« Benevento zwinkerte ihr zu, dann machte er auf dem Absatz kehrt und verschwand.

»Da haben Sie aber Glück gehabt, dass Signore Benevento Ihre dumme Bemerkung mit Humor genommen hat. Was ist bloß in Sie gefahren?«, wandte Jens Stern sich nun an sie. »Maurizio Benevento ist nicht nur ein angesehener Gast, sondern auch Geschäftspartner des Hauses. Er beliefert das Haerlin mit italienischen Spezialitäten.«

Auch das noch! Nina wäre am liebsten im Boden versunken.

»Glauben … Sie … er wird mich anschwärzen?«

Jens Stern legte die Stirn in Falten. »Ich denke nicht. Er hat einen Narren an Ihnen gefressen. Möchte mal wissen, wieso.«

Um Benevento bloß nicht begegnen zu müssen, blieb sie freiwillig eine Stunde länger und half den Kochlehrlingen, die Küche nach dem Mittagsbetrieb wieder blitzblank zu putzen. Doch es nützte nichts. Als sie weit nach vier Uhr das große Gebäude durch den Personalausgang verließ, wartete jemand auf sie. Zu ihrer Erleichterung war es nicht Benevento, sondern ein Junge, der nicht älter als vierzehn sein mochte. Seine Hose war ihm längst zu kurz geworden, das zerschlissene Hemd sah aus, als würde es fast auseinanderfallen. Seine blonden Haare waren mit einer dicken Staubschicht bedeckt, die Augen waren von einem ähnlichen Blauton wie Ninas. Mit fünf oder zehn Kilo mehr auf den Rippen hätte er ein gut aussehender Junge sein können.

»Sind Sie Nina Jacobi? Ich soll Sie zum Alsterpavillon bringen. Kriege zwei Mark dafür! Vielleicht sogar fünf. Hab mir hier ja die Beine in den Bauch gestanden.«

»Wer … hat dich geschickt?«

»So 'n piekfeiner Kerl. Der fährt 'n roten Sportwagen ohne Dach! Tolle Karre!«

Auch ohne die Antwort hätte Nina gewusst, wer dahintersteckte.

»Nun, dann richte dem Mann aus, ich lehne seine Einladung ab.«

Der Junge riss die Augen auf. »Geht nicht! Wenn ich den Auftrag nicht ausführe, sehe ich keinen Pfennig! Und ich spare doch auf einen Fußball!« Er hustete, versuchte zu schlucken, hustete nur noch mehr.

Noch so einer, an dem das Wirtschaftswunder vorbeigegangen ist, dachte Nina.

»Woher kommst du?«, fragte sie sanft.

»Aus 'm Osten«, murmelte er vage.

»Und wie heißt du?«

»Timo.«

»Wo sind deine Eltern?«

»Ist das hier ein Verhör, oder was? Ich soll Sie bloß abholen.«

Nina überlegte einen Moment. Jungs wie ihn gab es zu Tausenden in der Bundesrepublik. Sie verließen die DDR, um im Westen ein besseres Leben zu finden. Manchmal gemeinsam mit ihrer Familie, manchmal allein.

Wenn er nichts verraten wollte, konnte sie ihn nicht dazu zwingen. Aber sie konnte ihm helfen, wenigstens an diesem Tag etwas Geld zu verdienen.

Wahrscheinlich redete er sich wirklich ein, dass er sich früher oder später einen Fußball würde leisten können. Seit Deutschland im vergangenen Jahr Weltmeister geworden war, träumte jeder Knirps davon, ein zweiter Fritz Walter oder Helmut Rahn zu werden. Aber Nina wusste es besser. Träume waren nichts für Menschen, die ums tägliche Überleben kämpften.

»Also gut«, gab sie nach. »Weil du es bist.«

»Hä?«

»Nichts, vergiss es. Aber merk dir eins: Wenn du mal nicht so viel Glück hast wie heute, bekommst du hier immer etwas zu essen. Ein paar von uns heben die Reste auf und verteilen sie an der Hintertür.«

»Weiß ich«, sagte Timo stolz. »Hab mir hier schon oft den Bauch vollgeschlagen.«

Nina war versucht, ihn nach seiner Bleibe zu fragen, ließ es jedoch sein. Aber sie verriet ihm ihre Adresse in Barmbek, für den Fall, dass er mal nicht wüsste, wohin.

Während sie über den Jungfernstieg spazierten, pfiff Timo ein schnelles Lied vor sich hin.

Nina kannte es nicht, aber es gefiel ihr. Wahrscheinlich war es Rock 'n' Roll. Die jungen Leute waren ganz versessen auf diese neue Musik aus Amerika, und sie selbst mochte sie zumindest lieber als die Schlagerschnulzen, die Henni so gerne hörte.

»Da sind wir«, sagte sie überflüssigerweise, als sie vor dem halbrunden Alsterpavillon standen. Er war im Krieg zerstört und erst vor Kurzem wiederaufgebaut worden. Nun diente er wie eh und je als Treffpunkt für die feine Hamburger Gesellschaft.

»Du kannst jetzt gehen.«

»Nee, hab bisher noch keine Kohle gesehen. Muss mir die abholen.«

Sie seufzte. Aber bevor sie noch etwas erwidern konnte, kam Maurizio Benevento mit schnellen Schritten auf sie zu. Diesmal trug er einen grauen Anzug, der bestimmt ebenfalls maßgeschneidert war. Er hatte sich einen breitkrempigen Borsalino schräg aufgesetzt, was ihm ein verwegenes Aussehen verlieh. Offenbar hatte er auf der Terrasse gesessen und den Jungfernstieg im Auge behalten.

»Gut gemacht«, sagte er zu Timo und ließ eine Münze in seine offene Hand fallen. Der Junge warf einen Blick darauf, und während seine Augen aufleuchteten, ließ er sie schnell in seiner Hosentasche verschwinden.

»Kann ich das Auto noch mal sehen?«, fragte er, während er versuchte, einen neuerlichen Hustenanfall zu unterdrücken, und dabei umso hektischer auf seinem Kaugummi herumkaute.

Benevento schüttelte den Kopf. »Steht wieder in der Garage. Hier draußen wurde mein Schätzchen von zu vielen Fingern betatscht.«

»Hören Sie«, mischte sich Nina ein. »Danke für die Einladung, aber ich fahre jetzt heim.«

»Nein«, sagte Benevento streng. »Ich möchte Sie besser kennenlernen.«

»Sie können aber nicht einfach über mich verfügen.«

Das schien ihn zu überraschen. Offenbar war er daran gewöhnt, dass alle Welt tat, was immer er wollte.

»Ich lade Sie nur auf ein Kännchen Kaffee ein. Vielleicht mit einem Stück Kuchen? Die gedeckte Apfeltorte soll hier ausgezeichnet sein, und die Schlagsahne ist garantiert frisch.«

Nina sah, wie Timo sich über die Lippen leckte. Armer Kerl.

Dann hatte sie eine Eingebung. »Eine Dame geht nicht unbegleitet mit einem fremden Herrn in ein Café. Wo denken Sie hin?«

»Junge«, wandte sich der Italiener an Timo. »Willst du Kuchen?«

Timo nickte nur stumm.

»Gut, dann komm mit.« Er schaute Nina an. »Noch Einwände?«

Sie ließ ihren Blick über die Terrasse des Pavillons gleiten. Dort saßen elegant gekleidete Gäste und genossen den Sommernachmittag. Die Herren trugen ausnahmslos Anzüge, die Damen waren in schicken Kostümen erschienen. Die meisten von ihnen folgten der allseits beliebten Mode und trugen Zweiteiler mit stark betonter Taille und wadenlangen Röcken, die jeder Figur schmeichelten.

Einige jüngere Frauen aber waren mutig genug gewesen, sich für die A-Linie zu entscheiden, die Christian Dior für diesen Sommer vorschrieb. Staunend betrachtete Nina die kleinen Reverskragen, stark ausgestellten Röcke und dazu passend dreiviertellangen Jacken. Auf den perfekt frisierten Haaren saßen kecke Hüte. Die Hände, die vermutlich nicht die geringste Verletzung aufwiesen, steckten in blütenweißen Handschuhen.

»Ich kann trotzdem nicht mitgehen«, sagte sie verlegen und zupfte an ihrer Strickjacke herum. Darunter trug sie ihr Alltagskleid.

Benevento funkelte sie erst wütend an, dann ließ er seinen Blick zwischen ihr und den eleganten Herrschaften hin- und hergleiten. Schließlich lächelte er.

»Seien Sie nicht albern. Sie besitzen dreimal mehr Klasse als all die herausgeputzten Hühner dort.«

Nina musste ein Kichern unterdrücken, während Timo neben ihr frech grinste.

»Ich auch?«, fragte er. Gleichzeitig stieß sein Bauch ein Geräusch aus, das Nina als Magenknurren deutete.

Das gab den Ausschlag.

Sie hob stolz das Kinn, strich eine Haarsträhne unter ihr Kopftuch und nickte Benevento zu. »Gehen wir.«

Timo blieb still. Wahrscheinlich fürchtete er, wieder husten zu müssen, wenn er den Mund aufmachte. Und dann nahm man ihn vielleicht doch nicht mit in das schicke Café.

Benevento hatte an einem Tisch für zwei Personen gesessen, aber in Windeseile brachte ein Kellner einen dritten Stuhl für den Jungen, und kein Mensch schien sich über Ninas und Timos Aufmachung zu wundern. Sie wusste, dass vermutlich hinter vorgehaltenen Händen über sie getuschelt wurde, aber Maurizio Benevento strahlte so viel Arroganz und Selbstsicherheit aus, dass niemand laut auszusprechen wagte, was er dachte.

Zweimal Kaffee für die Erwachsenen und drei Portionen Apfeltorte wurden serviert. Maurizio Benevento befahl dem Kellner zu warten und wandte sich an den Jungen.

»Was willst du trinken?«

Timo rang mit sich, aber offenbar entschied er, dass eine solche Gelegenheit nicht so schnell wiederkommen würde, und krächzte: »Coca-Cola.«

»Sehr wohl, junger Herr«, sagte der Kellner, was Timo ein leises Kichern entlockte. Gleich darauf wurde ihm aus einer eisgekühlten kleinen Flasche die blubbernde braune Flüssigkeit in ein Glas geschenkt, und Timo nippte selig daran.

Nina verzog das Gesicht. Sie hatte diese amerikanische Brause einmal probiert und mochte sie nicht. Anscheinend gehörte sie bereits zum alten Eisen.

»Schmeckt sie?«, fragte sie.

»Ist okay«, erwiderte Timo lässig, wobei er das englische Wort ordentlich in die Länge zog. Kaugummi, Coca-Cola und ein toller Ausdruck – der Junge war wahrscheinlich im Himmel. Gleich nach den deutschen Fußballhelden kam bei ihm mit Sicherheit alles Amerikanische.

Sie lächelte, dann fing sie Beneventos Blick auf, und wieder fühlte sie für einen Moment diese seltsame Verbundenheit zwischen ihnen. Doch sie erinnerte sich daran, dass dieser Mann ein Fremder war, der ein ganz und gar unangemessenes Interesse für sie an den Tag legte.

Dennoch trank sie mit Genuss von ihrem Kaffee und schob Timo auch ihr eigenes Stück Apfeltorte zu.

Wenn Henni mich so sehen könnte, dachte sie amüsiert. Die würde vielleicht staunen! Nina aus der Kellerwohnung zwischen all den feinen Leuten.

»Wie lange arbeiten Sie schon im Haerlin?«, fragte Benevento unvermittelt.

»Vier Jahre.«

»Und in der ganzen Zeit durften Sie nur Gemüse schneiden?«

»Woher wissen Sie das?«

Er zeigte auf ihre Finger.

Nina spürte, wie sie errötete, und versteckte die Hände unter dem Tisch.

»Ich glaube, Sie besitzen ein Talent, und es ist eine Schande, dass es nicht gewürdigt wird.«

Sprachlos starrte sie ihn an. Wie kam dieser Mann dazu, sich ein solches Urteil zu erlauben? Er mochte recht haben, doch ihr Leben ging ihn nichts an.

Entschieden schob sie ihren Stuhl zurück.

»Vielen Dank für die Einladung. Ich muss jetzt gehen.«

»Ich auch«, sagte Timo und sprang auf. Er hatte offenbar begriffen, dass es nicht noch mehr Kuchen geben würde.

Auch Benevento stand auf und deutete eine Verbeugung an. »Bitte verzeihen Sie, falls ich Ihnen zu nahegetreten bin. Darf ich Sie nach Hause fahren?«

»Mit dem roten Flitzer ohne Dach?«, fragte Timo aufgeregt. »Kann ich mitkommen?«

Benevento schenkte ihm ein schmales Lächeln. »Mein Auto ist ein Alfa Romeo Giulietta Cabrio«, erklärte er.

»Klingt kompliziert«, sagte Timo und verdrehte die Augen.

Nina musste lachen. Dann wandte sie sich wieder an Benevento. »Vielen Dank, aber das ist nicht nötig. Ich nehme den Bus.«

Nicht auszudenken, wenn sie in Barmbek aus so einem Auto steigen würde.

»Wie Sie wünschen. Gestatten Sie, dass ich Sie zur Haltestelle begleite?«

Dagegen konnte sie schlecht etwas einwenden, und so wartete sie, bis er die Rechnung beglichen hatte.

Auf dem Weg verloren sie Timo aus den Augen. Als sie die Haltestelle erreichten, sagte Benevento: »Ich möchte Sie wiedersehen.«

»Warum?«, fragte sie geradeheraus.

»Wie bitte?«

Sie zuckte mit den Schultern. »Ich bin nichts Besonderes, und Sie finden bestimmt angemessenere Begleiterinnen als mich.«

Seine olivschwarzen Augen funkelten sie an. Ob belustigt oder zornig, vermochte sie nicht zu sagen. So oder so hoffte sie, der Bus würde jeden Moment kommen. Da fand sie einmal ein Mann attraktiv, doch anstatt es zu genießen, dachte sie nur an Flucht. Nina wünschte, sie wäre lockerer, selbstbewusster – so wie die Frauen im Alsterpavillon. Doch sie war bloß ein Kellerkind aus Barmbek, das seine Träume vergessen hatte.

»Ich glaube«, sagte er langsam, »Sie unterschätzen sich ganz gewaltig.« Und dann, als folge er einer plötzlichen Eingebung, fügte er hinzu: »Ich habe gute Kontakte zum *Grand Hotel* in Rimini.«

»Ja, und?«

»Vielleicht könnte ich für Sie etwas arrangieren.«

Das klang dermaßen verrückt, dass sie am liebsten laut gelacht hätte.

Zum Glück musste sie nicht mehr antworten, denn endlich hielt der Bus, und sie beeilte sich einzusteigen.

3. Kapitel

Nina setzte sich ganz vorn auf einen freien Sitzplatz. Sie drehte sich nicht noch einmal um. Sie wusste auch so, dass Benevento an der Haltestelle stand und ihr nachschaute. Und sie ahnte, sie hatte einen Fehler begangen. Bloß welchen?

Seufzend ließ sie den Kopf gegen die Scheibe sinken. Zwar war sie schon einunddreißig Jahre alt, aber sie besaß wenig Erfahrung mit Männern. Seit das Leben ein bisschen leichter geworden war, gab es überall in der Stadt Tanzveranstaltungen für junge Leute. Henni hatte ein paarmal versucht, mit ihr hinzugehen. Aber im Grunde spürten beide Frauen, dass so etwas nichts für sie war. Ebenso wenig die Modenschauen bei Karstadt an der Mönckebergstraße oder die Nähkreise im Pfarrhaus. Beide gingen sie leidenschaftlich gern ins Kino, aber dort lernte Nina nicht ein einziges Mal jemanden kennen, und auf Spaziergängen erntete sie zwar anerkennende Blicke, aber angesprochen wurde sie nie.

»Weil du dich so hochnäsig gibst«, behauptete Henni. Dabei war Nina bloß zu schüchtern, um mit einem Mann zu flirten.

Auf der Arbeit wiederum gab es ein paar Köche, die schon mal versucht hatten, mit ihr anzubändeln. Aber einer war verheiratet, ein anderer wurde jeden Tag von seiner Verlobten abgeholt, ein dritter schien an jedem einzelnen Finger eine andere Freundin zu haben.

Im Stillen hatte Nina sich längst damit abgefunden, dass sie allein bleiben würde. Auch wenn Henni regelmäßig dagegen anredete. Manchmal spürte Nina ein schmerzhaftes Ziehen in der Brust. Da war diese Sehnsucht nach Liebe, die sie nicht immer unter Kontrolle hatte. Aber dann lenkte sie sich schnell ab, indem sie ein neues Rezept ausprobierte, und meistens gelang es ihr, den Schmerz zu betäuben.

Während der Bus an der Außenalster entlangfuhr und kurz darauf in den Mundsburger Damm einbog, dachte sie an die einzige Liebe, die sie je kennengelernt hatte.

Jost Schröder war ein Nachbarsjunge im Arbeiterviertel Hamburg-Hamm gewesen, mit dem sie schon im Kindergarten gespielt hatte. Als Nina kurz vor ihrer Einschulung nacheinander erst ihren Vater und dann ihre Mutter verloren hatte, hatte ihre Großmutter Martha sie in Barmbek aufgenommen.

Nur verschwommen erinnerte sie sich noch an jene Zeit. Auch ihr bester Freund war damals aus ihrem Leben verschwunden. Aber daran war sie längst gewöhnt. Menschen, die eben noch bei ihr gewesen waren, lösten sich plötzlich in Luft auf, und niemand erklärte ihr, warum.

Erst viele Jahre später sollte sie erfahren, dass ihr Vater, ein stolzer Zimmermann, sich während der Weltwirtschaftskrise nach einem Jahr Arbeitslosigkeit das Leben genommen hatte. Und ihre Mutter, eine elfenhafte, immer etwas weltfremde Frau, hatte seinen Verlust nicht verkraftet. Ohne ihren starken Beschützer hielt sie es nicht aus, vergaß zu essen, vergaß, sich um Nina zu kümmern, vergaß zu leben.

Großmutter Martha war von anderem Schlag. Sie war stark, sie kämpfte. Sie brachte ihren kleinen Tante-Emma-Laden durch die Krise, indem sie statt wertlosem Papiergeld nur noch Tauschwaren annahm, und sie kümmerte sich um ihre Enkelin, so gut sie konnte.

Irgendwann gewann Nina ihr verlorenes Vertrauen in die Erwachsenen zurück. Ihre Großmutter würde sie niemals verlassen.

Als sie eines Tages im Stadtpark auf Jost traf, der inzwischen siebzehn Jahre alt war, dauerte es nicht lange, und sie hatte ihn wieder gern.

Schon bald waren sie unzertrennlich, und wie ein zartes Pflänzchen reifte die Liebe heran. Als Jost sie unter einer der großen Platanen zum ersten Mal sanft auf die Lippen küsste, da war Nina sicher, dass sie nie wieder im Leben allein sein würde.

Später bat Jost sie, seine Frau zu werden. Natürlich sagte Nina Ja. Er war der Mann, der sie zum Lächeln brachte und der schon in drei Tagen zurück an die Ostfront ziehen musste. Er kam nie zurück.

War es wirklich Liebe gewesen? Je mehr Jahre vergingen, desto größer wurden Ninas Zweifel.

Auch jetzt fragte sie sich, ob sie einander nicht vielleicht nur deshalb geheiratet hatten, um dem Schrecken und Verderben um sie herum ein Stück Leben abzuringen.

Eines jedoch wusste sie nach all den Jahren noch mit Gewissheit: Jost und sie waren aus demselben Milieu gekommen. Sie hatten zueinander gepasst. Jost war Schlosser auf der Werft *Blohm & Voss* gewesen, und nach dem Krieg hatten sie ein bescheidenes, aber glückliches Leben miteinander führen wollen. Sogar über Kinder hatten sie gesprochen. Mindestens zwei sollten es werden. Ein Junge und ein Mädchen.

Nina spürte, wie ihr schwer ums Herz wurde.

Kinder.

Diesen Schmerz würde sie wohl niemals verwinden. Mochte Josts Bild längst verblasst sein, mochte sie vergessen haben, wie er roch, wie er beim Lachen den Kopf zurückwarf und wie es sich anfühlte, in seinen Armen zu liegen – der Gedanke, sie würde niemals Mutter sein, war schrecklich.

Als der Bus ruckartig an einer Ampel anfuhr, gab sie sich innerlich ebenfalls einen Ruck. Es hatte keinen Sinn, über vergangene Träume nachzudenken.

Schließlich bog der Bus in die Fuhle ein, und Nina kehrte mit ihren Überlegungen zurück zu Maurizio Benevento. Im Gegensatz zu Jost passte dieser Mann ganz und gar nicht zu ihr, und ihr wollte einfach nicht in den

Kopf gehen, warum er ausgerechnet ihre Bekanntschaft suchte. Dieses Gerede von wegen, sie hätte mehr Klasse als alle anderen Frauen – sie war keinen Moment darauf hereingefallen. Vielmehr ahnte sie, dass ihre kratzbürstige Art ihn irgendwie gereizt haben musste. Vielleicht stellte sie eine Herausforderung für ihn dar, und so etwas passierte einem Mann wie ihm wahrscheinlich eher selten.

Als sie an ihrer Haltestelle ausstieg, schwor sich Nina im Stillen, Henni kein Wort von ihm zu erzählen. Die Freundin würde es noch fertigbringen, auf der Stelle ins Hotel Vier Jahreszeiten zu fahren und anstelle von Nina das dubiose Angebot anzunehmen.

Zu dumm nur, dass Henni so hellsichtig war. Wie hatte sie das nur vergessen können?

Nina hatte noch nicht die Tür hinter sich geschlossen, als die ältere Frau auch schon zwei energische Schritte auf sie zu machte.

»Was ist passiert?«

»Nichts, wieso?«

»Mach mir nichts vor, Nina. Dir ist etwas Merkwürdiges widerfahren, das sehe ich dir an der langen Nasenspitze an.«

Von Zeit zu Zeit machte sie ihre Scherze über Ninas Nase, aber die waren nie bösartig und fielen so nebenbei, dass Nina gar nicht auf den Gedanken kam, beleidigt zu sein.

»Ich … durfte heute ein bisschen was ausprobieren.«

»Auf der Arbeit? Interessiert mich nicht. Wie heißt der Mann?«

Nina spürte, wie sie rot wurde. »Wie … kommst du darauf, dass es um einen Mann geht?«

Sie drängte sich an Henni vorbei, ging in die Küchenecke, ließ Wasser in den Kessel laufen und schürte das Feuer im Herd. »Möchtest du auch einen Kaffee?«

Etwas Besseres fiel ihr nicht ein, dabei wusste sie, wenn sie an diesem Nachmittag noch mehr Kaffee trank, würde sie vermutlich die halbe Nacht wach liegen.

»Lenk nicht ab.« Henni kam auf sie zu und verschränkte die Arme vor der Brust.

»Raus mit der Sprache. Wie heißt er?«

Nina gab auf. »Maurizio Benevento.«

»Hä?«

»Maurizio Benevento.«

Henni tippte sich gegen die Stirn. »Was ist das denn für ein dummer Name? So heißen doch nur italienische Schauspieler. Wie dieser … Warte mal, wie heißt der noch? Ach ja, Vittorio De Sica. Ein schicker Mann! Oder … Grundgütiger!«

Henni riss überrascht die Augen auf. »Du hast einen Italiener kennengelernt! Das ist ein Wink des Schicksals!«

Nina wurde ziemlich mulmig zumute.

»Er ist Großhändler für italienische Spezialitäten«, erklärte sie schlicht und sank auf ihren Stuhl. Nun, da die Neuigkeit heraus war, wich alle Anspannung von ihr, und sie war nach den ganzen Aufregungen des Tages nur noch erschöpft. »Und er kommt aus Rimini.«

»Weiter«, befahl Henni und setzte sich zu ihr.

»Er hat meinen Salat gelobt. Den habe ich nämlich …«

»Was hat er gesagt?«, unterbrach Henni sie. »Was will er von dir? Wann ziehen wir nach Italien?«

Nina starrte ihre Freundin an, die selbst überrascht schien über die Worte, die da aus ihrem Mund sprudelten.

Dann kicherte sie, und Henni musste grinsen. Schließlich brachen sie beide in schallendes Gelächter aus. Die Tränen liefen ihnen über die Wangen, sie mussten sich die Bäuche halten, und während Nina sich alle Mühe gab, sich wieder in den Griff zu bekommen, prustete Henni stets aufs Neue los.

Es dauerte lange, bis sie sich einigermaßen beruhigt hatten.

Henni stand auf, ging zum Büfett und kam mit einer billigen Flasche Rotwein und zwei Wassergläsern zurück.

»Irgendwann werden wir besten italienischen Wein aus feinen bauchigen Gläsern trinken, aber für heute muss die Plörre hier reichen.«

Nina hielt es für keine gute Idee, Alkohol zu trinken. Sie hatte an diesem Tag bloß ein paarmal von ihrem Salat probiert. Die Apfeltorte hatte sie an Timo weitergereicht. Trotzdem stieß sie mit Henni an.

»Ich bin auch einem Jungen begegnet«, begann sie, in dem verzweifelten Versuch, vom Thema Italien abzulenken. »Ein armer Kerl. Ganz verhungert sah er aus. Er kommt aus dem Osten …«

»Auch nebensächlich«, fiel Henni ihr ins Wort. »Ich will alles über den schönen Maurizio wissen.«

»Wer hat behauptet, er wäre schön?«

»Das sehe ich in deinen leuchtenden Augen. Trink und rede.«

Also gab Nina auf. Gegen Henni kam sie nicht an. Das hätte sie gleich wissen müssen.

Sie erzählte so genau wie möglich, wurde aber trotzdem mehrmals von Henni unterbrochen, die Details wissen wollte. Trug er einen Ehering? Wirkte er wie ein verheirateter Mann? Hatte Jens Stern etwas in der Richtung erwähnt?

Auf all diese Fragen wusste Nina keine Antwort. »Ich werde ihn nicht wiedersehen«, gab sie Henni zu verstehen.

Die stieß einen langen Seufzer aus, goss Wein nach und nötigte Nina, zu trinken.

»Mein armes Goldstück. Du verstehst keinen Wink des Schicksals. Dich muss man wirklich zu deinem Glück zwingen. Hier, guck mal.«

Sie ging wieder zum Büfett, öffnete eine Schublade und kam mit einer ausgerissenen Zeitungsseite wieder. Ein kleines Auto war darauf abgebildet, orangerot, beinahe kugelrund und irgendwie putzig.

»Eine rollende Mandarine«, murmelte Nina und merkte, dass sie nicht mehr ganz sauber sprach. »Aber gelb würde besser passen. Denn du willst damit bestimmt ins Land, wo die Zitronen blühen.«

»Gut möglich«, erwiderte Henni ruhig. Ihr schien der Wein nichts auszumachen. Sie hatte Nina mal erzählt, dass sie auf ihrem Landgut in Ostpreußen hochprozentigen Kartoffelschnaps selbst gebrannt hatte. Offenbar konnte sie einiges vertragen.

»Ich habe heute die Anzahlung geleistet.«

Nina trank noch schnell einen Schluck.

»Du hast was?«, fragte sie dann ungläubig und tippte ein paarmal auf die Zeitungsseite.

»Eine Anzahlung geleistet.«

»Bist du verrückt geworden? Was sollen wir mit so einem Kabinenroller? Wir träumen seit Jahren davon, in eine bessere Wohnung umzuziehen.«

»Du vielleicht, ich nicht. Ich habe andere Träume.«

Nina überhörte den Einwand. »Und jetzt gibst du Geld für so ein Ding aus?« Sie konnte es nicht fassen.

Henni schwieg.

»Maurizio hat einen Sportwagen«, fügte Nina fast gegen ihren Willen hinzu. »Romeos Affen-Dschunke heißt der. Oder so ähnlich.«

Henni schaute kurz irritiert und fragte dann: »Welche Farbe?«

»Rot.«

»Rot und orange. Perfekt.«

»Was?«

»Na ja. Die Autos passen schon mal prima zusammen. Bei euch beiden wird's vielleicht noch ein bisschen länger dauern.«

Nina schlug mit der flachen Hand auf den Tisch. »Henni, hör sofort auf mit dem Unsinn! Ich lasse mich nicht verkuppeln. Und ich lasse mich nicht nach Italien verschleppen. Ich will eine Wohnung mit einem richtigen Badezimmer.«

»Die gibt es bestimmt auch in Rimini.«

Nina rieb sich über die Stirn. Zwecklos. In ihrem Kopf herrschte jetzt ein heilloses Durcheinander.

Sie schaute Henni an. »Oder willst du mit der Mandarine gar nicht nach Italien, sondern nach Polen? Das wäre ja noch verrückter.«

Augenblicklich wünschte sie, sie könnte die Worte zurücknehmen.

Henni wurde blass und senkte den Blick.

»Es tut mir leid«, sagte Nina. »Das ist nur der blöde Wein. Ich weiß doch, wie gern du noch einmal deine Heimat sehen möchtest. Es muss schlimm sein, nie mehr dorthin zurückzukönnen.«

Henni leerte ihr eigenes Glas mit zwei großen Schlucken. Dann schüttelte sie sich, und als sie Nina wieder anschaute, sagte sie knapp: »Vorbei ist vorbei.«

»Ja.«

Das war ihr gemeinsames Lebensmotto. Sie schauten nicht zurück, oder zumindest behielten sie ihre Erinnerungen weitgehend für sich. Und wenn eine von ihnen doch einmal eine Bemerkung machte, gingen sie schnell darüber hinweg.

Henni lächelte schon wieder. »Ich fahre damit nach Italien. Fünfhundert Mark habe ich schon bezahlt. Zweitausend fehlen noch.«

»Zweitausend!«, stieß Nina erschrocken aus. »Das ist furchtbar viel Geld.«

Henni hob die Schultern. »Ich habe noch zwei Armbänder, drei Paar Ohrringe und einen Ring übrig.«

Vor Jahren schon hatte sie Nina verraten, dass sie damals auf der Flucht in den Westen den gesamten Familienschmuck hatte retten können. Eingenäht in ihre Kleider hatten die Erbstücke es bis nach Hamburg geschafft.

Seitdem verkaufte Henni in Notzeiten mal einen Smaragdring, mal ein goldenes Armband.

»Aber der Familienschmuck sollte doch deine Altersversicherung sein.«

Henni winkte gelangweilt ab. »Das habe ich mir anders überlegt. Ich lebe jetzt, nicht irgendwann in der Zukunft. Morgen könnten die Russen oder die Amis eine Atombombe auf uns abwerfen. Was hätte ich dann von dem Schmuck?«

Nina trank schnell noch etwas Wein. Der kalte Krieg machte ihr Angst, und meistens versuchte sie, nicht daran zu denken.

»Über Italien werfen sie bestimmt nichts ab«, meinte Henni listig.

»Woher willst du das wissen?«

»Ach, die Italiener sind in der großen Weltpolitik nicht mehr wichtig genug. Außerdem wollen alle Leute dahin in den Urlaub fahren. Das machen sich die Generäle doch nicht kaputt.«

Nina grinste. »Das hast du dir jetzt hübsch zusammengereimt.«

Es war nicht unbedingt als Kompliment gemeint, dennoch stand Henni auf und verneigte sich wie auf einer Theaterbühne.

Nina musste schon wieder lachen. »Und mit diesem Mini-Auto willst du über die Alpen fahren?«

»Erstens ist das nur ein Foto. In Wahrheit ist die Knutschkugel viel größer.«

»Sag bloß.«

»Zweitens fahre ich nicht allein. Du kommst mit.«

»Ich?« Nina lachte auf. »Im Leben nicht!«

»Doch. Und wenn's zu steil wird, steigst du aus und schiebst.«

»Du hast ja den Verstand verloren!«, ereiferte sich Nina.

Henni erwiderte nichts darauf, sondern schaltete kurzerhand das Radio an.

Ein Schlager erklang, den Nina auch schon zigmal gehört hatte.

Komm ein bisschen mit nach Italien, komm ein bisschen mit ans blaue Meer …

»Schon wieder ein Wink des Schicksals!«, rief Henni aus und sang dann lauthals mit. Allerdings tauschte sie ein Wort aus.

»Komm ein bisschen mit nach Rimini …«

4. Kapitel

Zwei Wochen waren vergangen, seitdem Nina mit Maurizio Benevento und dem jungen Timo im Alsterpavillon Kaffee getrunken hatte. Inzwischen ging der Juni zu Ende, und ein heißer Sommertag reihte sich an den anderen. Selbst hier im Norden der Bundesrepublik stöhnten die Menschen über die ungewöhnliche Hitze. Kein kräftiger Wind aus Nordwest vertrieb die Dunstglocke, die über der Hansestadt hing, und auch von der Elbe her wehte kein kühlendes Lüftchen.

Von Timo hatte sie seitdem nichts mehr gehört, Benevento hingegen war nicht leicht abzuschütteln gewesen. Tagelang hatte er versucht, sich erneut mit ihr zu verabreden, aber Nina hatte rigoros abgelehnt. Sie war nicht der Typ Frau, der sich zu etwas drängen ließ. Weder von einem undurchsichtigen Italiener noch von ihrer allerbesten Freundin.

Stur war sie ihrer Arbeit nachgegangen, hatte nicht gemurrt, als sie wieder nur Gemüse schneiden durfte, und war allen Fragen des Souschefs ausgewichen.

Schließlich war Benevento abgereist, und Nina hatte geglaubt, nun endlich ihre Ruhe zu haben. Irrtum.

Als sie an diesem frühen Abend das Hotel durch den Hinterausgang verließ, schien es ihr fast, als hätte jemand die Zeit zurückgedreht.

Dort stand wieder einmal Timo, trat von einem Fuß auf den anderen und sah sich nach allen Seiten um.

»Hast du was ausgefressen?«, fragte Nina und wischte sich die Schweißperlen von der Stirn. Sie hatte sich kaltes Wasser ins Gesicht gespritzt, bevor sie die heiße Küche verlassen hatte, aber die erfrischende Wirkung war bereits wieder verpufft.

Der Junge zuckte zusammen und schüttelte heftig den Kopf. »Nee. Aber da hinten steht meine Mutter, und wenn ich mich nicht anständig benehme, setzt es was mit dem Kleiderbügel.«

Nina blickte in die angegebene Richtung und entdeckte eine zarte, kleine Frau in einem verblichenen Kleid. Ihre Wangen wirkten eingefallen, die Lippen hatte sie zusammengepresst. Sie sah nicht wie jemand aus, der einen kräftigen Jungen wie Timo vermöbeln könnte.

Wann hat sie wohl ihre letzte anständige Mahlzeit bekommen?, fragte sich Nina unwillkürlich und überlegte, ob sie schnell etwas aus der Küche holen sollte. Vom nachmittäglichen Kuchenbüfett war noch genug übrig. Wurst, Schinken und Käse vom Frühstück müssten auch noch da sein, und vielleicht etwas von dem Kalbsragout, das die Gäste mittags verschmäht hatten.

Timo, der wohl ihre Gedanken erraten hatte, flüsterte schnell: »Mutti nimmt keine Almosen an. Ich muss immer so tun, als hätte ich die Sachen gekauft, die ich hier kriege.«

Nina sah sich Timos Mutter genauer an und bemerkte, wie stolz ihr Kinn gereckt war. Der Blick aus ihren dunklen Augen war eisern. Der Rest ihrer Erscheinung wirkte hingegen eher traurig. Ihr Haar hing mausbraun und strähnig herab, ihre Kleidung war ärmlich, die Haut fahl.

Dennoch musste Nina an ihre Großmutter denken. Wenn es hart auf hart kam, hatte auch Martha diesen Blick gehabt. Sie hatte sich niemals unterkriegen lassen.

»Und was kann ich sonst für euch tun?«, fragte sie den Jungen, obwohl sie es bereits ahnte.

»Ich habe was für Sie.«

Timo fischte einen Briefumschlag aus seiner Tasche. Nina erkannte das Logo des Hotels Vier Jahreszeiten und stieß einen ungeduldigen Seufzer aus. Fünf oder sechs Briefe dieser Art hatte sie schon bekommen. Entweder von Jens Stern ausgehändigt oder wie zufällig auf einer der Arbeitsflächen abgelegt.

Jeden dieser Umschläge hatte sie ungelesen weggeworfen.

»Den nehme ich nicht an«, erklärte sie.

Timo zog ein langes Gesicht.

»Scheiße«, murmelte er leise.

Nicht leise genug. Blitzschnell war seine Mutter bei ihm und verpasste ihm eine Kopfnuss, die verflixt wehtun musste.

»Was habe ich dir über das Fluchen gesagt?«

Der Junge verzog keine Miene.

»Entschuldigung, Mutti. Ich könnte fünf Mark verdienen. Ich muss nur den Brief korrekt abliefern und dem

Portier eine Antwort überbringen. Aber die Dame will mir nicht helfen.«

Empört stemmte Nina die Fäuste in die Hüften. »Natürlich will ich dir helfen. Aber von diesem verrückten Italiener will ich nichts mehr wissen.«

»Warum nicht?«, fragte Timo. »Der ist reich.« Als wäre dies das Einzige, was es über einen Menschen zu wissen gab.

Nina musste plötzlich grinsen. »Der will mich nach Rimini locken.«

»Wirklich?« Timos Mund stand offen. »Das ist ja phänomenal! Darf ich mitfahren? Ich habe noch nie das Meer gesehen.«

Vor der nächsten Kopfnuss duckte er sich rechtzeitig weg.

»Bitte sehen Sie meinem Sohn seine Frechheit nach«, bat seine Mutter und reichte Nina die Hand. »Darf ich mich vorstellen? Sophie von Bareis.«

An der Wortwahl und dem Namen der Frau glaubte Nina zu erkennen, dass sie einmal ein besseres Leben gehabt hatte. Eines, das in der sozialistischen DDR inzwischen verpönt war.

»Nina Jacobi. Sehr angenehm.«

Sophie von Bareis besaß einen kräftigen Händedruck. Die Hitze schien ihr nichts auszumachen. Im Gegenteil, sie wirkte, als hätte sie gerade erst ein erfrischendes Bad genommen. Doch davon ließ sich Nina nicht täuschen. Wer hungerte, der schwitzte nicht. Ein unterernährter Körper war zu sehr damit beschäftigt, zu funktionieren.

»Also gut, gib mir den Brief«, sagte sie zu Timo.

Der Junge strahlte über das ganze Gesicht und reichte ihr den Umschlag.

Nina öffnete ihn und fand darin wie erwartet eine Nachricht von Maurizio Benevento.

Er schrieb, er müsse zurück nach Rimini, der Geschäfte wegen, aber er habe bereits mit seinem Freund im Grand Hotel gesprochen, und sie könne jederzeit in der Küche vorstellig werden. Auf dem Briefkopf war eine stilisierte Abbildung eines wunderschönen weißen Hotels zu sehen. Nina schaute lange darauf und spürte, wie sie eine nie gekannte Sehnsucht ergriff.

Zwei ellenlange Telefonnummern mit vielen Nullen waren beigefügt, außerdem die Adresse des Grand Hotels sowie eine Geschäftsadresse von *Benevento Srl*.

Srl?, fragte sich Nina im Stillen und gab sich alle Mühe, ihre Aufregung zu zügeln. Hatte sie bis eben noch alles getan, um den Mann und sein unglaubliches Angebot zu vergessen, schlug ihr Herz nun auf einmal schneller. Womöglich war der Italiener ein Frauenheld, doch das war ihr vollkommen gleichgültig. Das war ihre Chance, ein Abenteuer zu erleben, und sie wäre verrückt, diese Chance nicht zu ergreifen.

Fast glaubte sie, Henni zu hören: »Meine Rede!«

Woher ihr plötzlicher Sinneswandel kam, hätte Nina nicht zu sagen gewusst. Vielleicht lag es an der Hitze, vielleicht an dieser tapferen Frau hier, die sie an ihre Großmutter erinnerte, vielleicht hatte einfach nur etwas Zeit vergehen müssen.

Aber weil das alles so groß und so viel war, hielt sie sich an dem kleinen Rätsel fest. »Srl?«

»Das bedeutet GmbH«, erklärte Sophie von Bareis und riss Nina aus ihren Gedanken. »Gesellschaft mit begrenzter Haftung. Auf Italienisch *società a responsabilità limitata*.«

Timo sah sie ungläubig an. »Woher weißt du denn so etwas, Mutti?«

»Nun, dein Vater war ebenfalls Geschäftsmann. Vor dem Krieg. Und ich habe ihn zweimal auf einer Italienreise begleitet. Bei diesen Gelegenheiten habe ich einiges gelernt.«

Timo wirkte mit einem Mal beeindruckt.

»Herzlichen Dank«, sagte Nina zu Sophie von Bareis. »Sie haben mir sehr geholfen.«

Und da kam ihr plötzlich eine Idee. Sie wusste nun, wie sie diese Frau unterstützen konnte, ohne ihren Stolz zu verletzen.

»Wissen Sie«, begann sie langsam und wägte ihre Worte sorgfältig ab, »ich hätte noch so viele Fragen an Sie. Ich kenne sonst nämlich niemanden, der schon einmal in Italien war.«

»Das ist schon lange her. Zwanzig Jahre.«

»Trotzdem.« Nina fächelte sich mit dem Umschlag Luft zu. »Dürfte ich Sie vielleicht zu mir nach Hause einladen? Also, Sie und Timo? Morgen? Da habe ich meinen freien Tag und könnte eine Kleinigkeit kochen.«

Sie sah, wie Sophie von Bareis mit sich rang, während Timo nur den Umschlag im Blick behielt, wohl aus Angst, Nina könnte ihn fallen lassen.

»In Ordnung«, sagte sie, als Nina schon kaum noch mit einer Antwort rechnete.

»Prima!«, rief Timo. »Die Adresse weiß ich schon. Ist in Barmbek. Kann ich dem Portier jetzt die Antwort bringen?«

Nina musste noch einmal zurücklaufen und sich von einem Kellner einen Bleistift leihen. Dann riss sie von einem Bestellblock ein Blatt ab, schrieb einen herzlichen Dank und versprach, sich in Kürze zu melden.

Timo eilte damit davon und kam wenig später freudestrahlend wieder.

»Heute Abend leisten wir uns Würstchen, Mutti«, versprach er.

Sophie von Bareis senkte verlegen den Blick, und Nina verabschiedete sich schnell, damit die arme Frau sich nicht noch mehr schämen musste.

Als sie Henni am Abend erzählte, dass sie ihre Meinung geändert hatte und nun doch nach Italien fahren wollte, brach diese in laute Jubelschreie aus.

»Ich bleibe dabei«, erklärte Henni und tippte sich mit dem Zeigefinger gegen die Stirn – eine Geste, mit der sie Nina in den vergangenen vierundzwanzig Stunden schon mehrmals bedacht hatte. »Du hast nicht mehr alle Tassen im Schrank. Gäste? In unserem Kellerloch? Da schämen sich ja die Mäuse!«

Nina ließ sich nicht aus der Ruhe bringen. Sie vermengte gemischtes Hackfleisch mit Zwiebeln, zwei Eiern und altbackenen Brötchen, fügte Salz und Pfeffer hinzu und formte dann geschickt Frikadellen. Da sie Timo kannte, bereitete sie einen ganzen Berg davon zu. Den Kartoffelsalat hatte sie bereits gestern Abend vorbereitet – mit sauren Gurken, Äpfeln und Heringen, so wie ihn ihre Großmutter immer gemacht hatte.

Zwar besaßen sie keinen Kühlschrank, aber der einzige Vorteil der Kellerwohnung war, dass sie nie richtig warm wurde. Insofern hatte der Salat die Nacht gut überstanden, und die Mayonnaise war noch frisch.

Früh am Morgen hatte Nina dann einen Marmorkuchen gebacken. Lieber hätte sie eine Obsttorte zubereitet, aber aufgrund der andauernden Trockenheit war frisches Obst ein Luxusartikel geworden.

In der Pfanne brutzelte bereits das Butterschmalz, und sie legte nun vorsichtig die ersten Frikadellen hinein.

Henni, die es nicht gewöhnt war, einfach überhört zu werden, hob die Stimme: »Wir hätten diese Leute zu *Kruses* einladen können. Ich habe dir gesagt, dass vom Schmuckverkauf noch genug übrig ist.«

Nina lächelte. Das Gasthaus *Kruse* an der Fuhle war ein beliebter Treffpunkt in der Nachbarschaft, und die einfache Hausmannskost war sättigend und von anständiger Qualität. Aber sie hatte einen guten Grund, Sophie von Bareis und ihren Sohn Timo zu sich nach Hause zu bitten. Henni wusste noch nichts davon, und so sollte es auch bleiben, bis Nina mit Sophie in Ruhe hatte reden können.

»Es sieht doch ganz prima aus bei uns«, erwiderte sie nun friedfertig.

»Ja«, gab Henni knurrend zurück. »Für Leute, die auf der Straße leben, ist das hier ein Schloss.«

Auf der Straße vielleicht nicht, dachte Nina, aber in

einer Unterkunft mit vier soliden Wänden wahrscheinlich auch nicht.

Manchmal fragte sie sich, wie es sein konnte, dass das schöne deutsche Wirtschaftswunder so viele Leute einfach vergaß. Sah der Alte in Bonn nur die glänzenden Seiten des neuen Wohlstandes? Nina war seit Jahren eine Anhängerin von Bundeskanzler Konrad Adenauer, aber es gab Momente, in denen sie an ihm und seiner Politik zweifelte.

»Irgendwas hast du dir in den Kopf gesetzt«, meinte Henni nachdenklich. »Ich komme bloß nicht drauf, was es ist. Aber da deine besonderen Gäste dich anscheinend überredet haben, mit mir nach Italien zu fahren, will ich mal nicht so sein.«

Henni war überglücklich, weil ihr verrückter Plan nun doch aufgehen würde.

Als Nina die letzten Frikadellen gebraten hatte, erschienen Sophie und Timo. Beide trugen dieselbe Kleidung wie am Vortag, hatten sich aber offenbar in einer öffentlichen Badeanstalt gewaschen. Ihre Haare glänzten noch feucht.

Verlegen blieb Sophie an der Tür stehen, während ihr Sohn dem Bratenduft folgte.

»Gibt's gleich Futter?« Er musste sofort husten, hielt sich aber die Hand vor den Mund.

»Timo«, mahnte Sophie.

Nina lachte fröhlich. »Ist schon gut. Bitte setzen Sie sich. Wir können uns gern nach dem Essen in Ruhe unterhalten.«

»Worüber?«, fragte Sophie misstrauisch. »Wir kennen uns doch gar nicht.«

»Wie gesagt, ich wäre für jede Information dankbar, die mir in Italien weiterhelfen kann. Das ist übrigens Henni, meine … gute Freundin.«

Henni reichte Sophie die Hand. »Nina und ich haben uns schon vor Jahren zusammengetan, weil es so einfacher war. Jetzt sind wir eine Familie.«

Sophie nickte, als verstünde sie genau, was Henni meinte. Wahrscheinlich war auch sie, zumindest vorübergehend, mit anderen Menschen eine Notgemeinschaft eingegangen, um zu überleben.

Gemeinsam mit Timo quetschte sie sich auf einen der beiden Stühle, Henni nahm den anderen, und Nina begnügte sich mit einem Hocker, der sonst in ihrer Schlafkammer stand.

Es war eng an dem halben Tisch, aber niemand störte sich daran. Sophie aß gesittet und verpasste ihrem Sohn hin und wieder einen Stoß mit dem Ellenbogen, damit er das Essen nicht so schnell in sich hineinschaufelte.

Als der größte Hunger gestillt war, stellte Nina nach und nach ihre Fragen über Italien, die Sophie nach bestem Wissen beantwortete. Sie erzählte, sie habe in den dreißiger Jahren zweimal ihren Mann Rudolf auf eine Geschäftsreise begleitet, einmal nach Rom und einmal nach Genua. Anschließend hätte sie jeweils ein paar Ferientage eingelegt. Sie habe sich damals Mühe gegeben, ein paar Brocken Italienisch zu lernen, und könne sie Nina gern beibringen. Im Übrigen vermute sie, das Land, das sie zu Zeiten des Faschismus bereist hatte, sei heute ganz anders.

»Wie anders?«, fragte Timo mit vollem Mund. »War es früher hässlich und ist heute schön?«

»Ganz so einfach ist es nicht«, erwiderte Sophie geduldig. »Aber Menschen in einer Diktatur unterscheiden sich sehr von jenen, die das Glück haben, in einer Demokratie zu leben. Du bist zu jung, um das zu verstehen.«

Ein schmerzlicher Ausdruck trat in ihre Augen, was Timo nicht zu bemerken schien.

»Aber das Land selbst, die Städte und das Meer sind doch gleich, oder?«

Sophie strich ihm sanft übers Haar. »Natürlich. Und Italien ist wirklich wunderschön.«

»Können wir nicht auch dahin fahren?«, fragte er.

»Ich fürchte, das wird nicht möglich sein, mein Schatz.«

Timo zuckte mit den Schultern und angelte sich dann die letzte Frikadelle. Vorerst war das Thema offenbar für ihn erledigt.

Nina bemerkte, wie Sophies Blick immer wieder zu der abgedeckten Nähmaschine neben dem alten Ohrensessel glitt. Sie hatte Großmutter Martha gehört und war eines der wenigen Stücke, die Nina hatte retten können, nachdem das Haus von einer Brandbombe getroffen worden war.

»Darf ich mal sehen?«, fragte Sophie schließlich.

»Natürlich. Es ist eine Pfaff, ein Vorkriegsmodell.«

Sophie stand auf und betrachtete die Nähmaschine beinahe andächtig.

»Darf ich?«, fragte sie.

»Bitte«, ermutigte Nina sie.

Sophie nahm die Haube ab.

»Wunderschön«, flüsterte sie.

»Leider können weder Henni noch ich etwas damit anfangen«, gestand Nina.

»Mutti kann toll nähen«, warf Timo ein. »Wenn sie könnte, würde sie eine Schneiderei betreiben. Dann müssten wir nicht mehr ...«

»Still!«, fuhr Sophie dazwischen. »Niemand interessiert sich für unser Schicksal.«

Doch, dachte Nina. Ich schon. Obwohl ich gar nicht so recht weiß, warum. Sie spürte nur, dass ihrer aller Lebensfäden sich auf geheimnisvolle Weise miteinander verknüpften und dass dieser Tag von entscheidender Bedeutung für die Zukunft war.

»Junger Mann«, sagte Henni zu Timo, »willst du dir mein neues Auto ansehen? Es steht ein paar Straßen weiter in einer Garage.«

Nina warf Henni einen dankbaren Blick zu. Timo würde zwar beim Anblick der orangeroten Isetta eher enttäuscht sein, aber so hatte sie Gelegenheit, in Ruhe mit Sophie zu sprechen.

Als die beiden gegangen waren, setzte Nina den Wasserkessel auf, stellte einen Filter auf die Kanne, füllte Kaffeepulver ein und ließ dann kochendes Wasser hineinlaufen.

An der Art, wie Sophie bei dem Duft nach echtem Bohnenkaffee genüsslich einatmete, erkannte Nina, dass sie auch zehn Jahre nach Kriegsende noch immer mit Muckefuck aus Gerste oder Roggen vorliebnahm.

Also wartete Nina geduldig, bis Sophie ihre erste Tasse geleert hatte, bevor sie geradeheraus fragte: »Wo wohnen Sie?«

Sophie zierte sich ein wenig, aber schließlich gestand sie, dass sie mit ihrem Sohn im Flüchtlingslager Friedland und später in Rothenburgsort untergekommen war. Nina nickte. Sie wusste, dass in dem Industrieviertel neben den Elbbrücken eine Vielzahl an Notunterkünften stand. Sie waren nicht ganz so schlimm wie die Nissenhütten, in denen sie selbst gelebt hatte, aber ein Vergnügen war es nicht, dort zu wohnen.

»Sobald ich Arbeit gefunden habe ...«, begann Sophie vage.

Bloß teilte sie das Schicksal vieler Frauen: Sie hatte nie einen Beruf erlernt, sondern war als Spross einer adligen Familie in den schönen Dingen des Lebens unterrichtet worden. Und nach ihrer Hochzeit war ihr die Rolle der Hausfrau und Mutter zugefallen.

Nina stellte den Marmorkuchen auf den Tisch. Sophie aß kleine Stücke und erzählte, ihr Mann Rudolf sei vor drei Jahren ins Gefängnis geworfen worden – wegen des Schmuggels westlicher Luxusgüter. Vor drei Monaten war ihr mitgeteilt worden, er sei dort an einem Herzinfarkt gestorben.

In die Bundesrepublik sei sie gekommen, weil Timo es einmal besser haben sollte. Derzeit sah es aber nicht danach aus.

Als Nina ihr schließlich ihren Vorschlag unterbreitete, wehrte sich Sophie heftig dagegen.

»Das kann ich nicht annehmen. Ich will nichts geschenkt haben.«

»Sie sind genauso stur wie meine Großmutter Martha«, erwiderte Nina ruhig. »Henni und ich wären froh, wenn wir wüssten, dass sich hier jemand um alles kümmert.«

Das entsprach keineswegs der Wahrheit, denn Henni hatte verkündet, sie wolle den ollen Keller nie wiedersehen und sie habe es überhaupt nur deshalb so lange darin ausgehalten, weil sie für das große Abenteuer ihres Lebens gespart hatte.

»Und wer weiß«, setzte Nina noch eins drauf. »Vielleicht geht in Italien ja alles schief, und wir sind ruckzuck wieder da.«

Auch diese Möglichkeit hatte Henni ausgeschlossen.

»Wir schaffen das schon!« Mit diesen Worten hatte sie jeden Zweifel beiseitegewischt.

Nun sah Nina, dass Sophie sich unauffällig in der Wohnung umschaute.

»Es ist wirklich kein Palast«, entschuldigte sie sich schnell. »Hinten befinden sich zwei Schlafkammern, und es gibt ein Wasserklosett. Ein richtiges Bad haben wir leider nicht. Aber hier am Spülstein kommt mit etwas Glück sogar warmes Wasser.«

Sophies Augen leuchteten auf, genau wie ihre eigenen damals, als sie diesen ungeheuren Luxus zum ersten Mal erlebt hatte.

»Wie hoch ist die Miete?«

Darüber hatte Nina lange mit Henni gesprochen. Aber schließlich hatte sie eingesehen, dass sie Sophie nichts vormachen konnte. Also nannte sie die Summe, die zwar niedrig war, die aber regelmäßig aufgebracht werden musste.

»Ich … weiß wirklich nicht, ob wir das zusammenbekommen.«

»Doch«, sagte Nina fest. »Sie können die Nähmaschine benutzen und sich als Näherin Ihren Lebensunterhalt verdienen. Nach und nach können Sie das Geschäft erweitern.«

»Aber die hat Ihrer Großmutter gehört«, protestierte Sophie schwach.

»Stimmt, aber ich kann sie sowieso nicht mitnehmen. Und bei Ihnen wüsste ich sie in guten Händen.«

Sie diskutierten noch eine Weile hin und her, aber schließlich stimmte Sophie zu. Sie war eine kluge Frau, und sie wusste, dass sie alles tun musste, um ihren Sohn aus dem Elend zu holen.

»Sein Husten wird sich bestimmt auch bessern«, sagte sie noch.

Nina hatte da so ihre Zweifel. Die feuchte Kellerwohnung war nicht gut für den Jungen – vor allem nicht in der kalten Jahreszeit. Aber sie war immer noch besser als eine der Notunterkünfte.

Als Timo mit Henni zurückkam und die Neuigkeit erfuhr, machte er Luftsprünge, stieß sich den Kopf an der niedrigen Decke, lachte aber nur darüber.

»Mensch!«, rief er. »Mensch! Ist ja 'n Ding! Ein richtiges Zuhause!«

Nina spürte, wie ihr die Tränen kamen, und auch Henni wischte sich über die Augen. Nur Sophie bewahrte die Fassung.

5. Kapitel

Im Schneckentempo kämpfte sich die tapfere kleine Isetta über die Brenner Landstraße in Richtung Gipfel. Jede neue Kurve wurde zu einer Herausforderung, jeder etwas steilere Straßenabschnitt zu einem Kampf. Das kleine Gefährt konnte von einem Moment auf den anderen endgültig stehen bleiben.

»Wenn wir den Pass geschafft haben, wird es leichter«, versprach Henni. Sie saß mit zusammengepressten Lippen vorgebeugt am Steuer.

Nina, die sich mit dem Blick an den Bergspitzen festhielt, nickte nur vage. Sie biss fest die Zähne zusammen, damit sie nicht so klapperten. Je höher sie stiegen, desto kälter wurde es in dem kleinen Gefährt.

»Hauptsache, die Grenzkontrollen sind nicht an einer Steigung«, fügte Henni hinzu. »Ich weiß nicht, ob ich Elly dann noch einmal zum Laufen kriege.«

Nina seufzte. Henni hatte ihr Auto nach Elly Beinhorn benannt, der berühmten deutschen Fliegerin, die vor mehr als zwanzig Jahren die ganze Welt umrundet hatte.

Als ob ein Name den Unterschied machte, dachte sie bei sich, schwieg aber weiterhin. Für eine Isetta war es sicherlich eine unglaubliche Leistung, auf diesen gut 1300 Meter hohen Pass zu kommen.

Außerdem hatte sich Nina ja auf dieses Abenteuer eingelassen, und nun würde sie nicht anfangen zu meckern. Obwohl sie mit ihrer Geduld langsam am Ende war. Seit drei Tagen waren sie nun schon unterwegs, und bis nach Rimini würden sie mindestens zwei weitere Tage brauchen. Schneller fuhr die Isetta einfach nicht. Obwohl die Freundinnen sich auf das Nötigste an Gepäck beschränkt hatten, waren zwölf PS verflixt wenig, und mit zwei erwachsenen Frauen auf der vorderen Sitzbank ächzte und stöhnte die Knutschkugel bemitleidenswert vor sich hin.

Hinter ihnen wurde kräftig gehupt, dann zog ein VW Käfer an ihnen vorbei. Drinnen saßen vier junge Leute, die ihnen fröhlich zuwinkten.

»Mit so einem Wagen wären wir auch schneller gewesen«, sagte Nina neidisch.

»Pff«, machte Henni. »Das ist ja kein Wettrennen. Und so 'n oller Käfer hat keine so schicke Fronttür wie unsere Isetta.«

Nina biss sich auf die Lippen. Manchmal stellte sie sich vor, diese seltsame Tür würde während der Fahrt von selbst aufklappen, und sie und Henni säßen plötzlich im Freien. Sie fand das äußerst beängstigend, aber sie hütete sich, ein Wort zu sagen.

Henni hatte bis zu ihrer Abfahrt daran gezweifelt, dass Nina wirklich den Mut für dieses große Abenteuer aufbrachte. Also galt es, der älteren Freundin zu beweisen, dass sie falschlag. Was nicht ganz einfach war, denn

Nina war während dieser Reise bereits tausend Tode gestorben.

Hennis Fuß drückte das Gaspedal durch, was jedoch keine wesentliche Beschleunigung zur Folge hatte.

»Hauptsache, wir kommen an.«

»Aber mein Vorstellungsgespräch ist schon am Mittwoch«, wandte Nina ein.

Das war der 13. Juli, und Nina sollte sich um Punkt zehn beim Restaurantmanager melden.

»Sicher, und heute ist Montag. Kein Problem.«

Henni stieß ein kurzes, lautes Lachen aus. Seit die beiden Frauen unterwegs waren, nein, sogar schon, seit sie den Italienplan gefasst hatten, war die alte, die fröhliche und optimistische Henni wieder zum Vorschein gekommen.

»Wir schaffen das schon«, schickte sie hinterher.

So langsam konnte Nina das nicht mehr hören. Henni hatte es gesagt, als sie die Isetta dreimal neu bepacken mussten, um den wenigen Platz auszunutzen. Sie hatte es wiederholt, als sie gleich hinter Hamburg eine Reifenpanne hatten und den halben Tag in einer Werkstatt verloren. Und gestern, als es in Bayern erst hügelig und dann bergig wurde, hatte es wie eine Beschwörungsformel geklungen. »Wir haben die Kasseler Berge bezwungen, da überwinden wir auch die Alpen!«

Nina schaute die ältere Freundin an. Wie sie da so angespannt saß, die Hände fest ums Lenkrad gekrallt, die Augen zu schmalen Schlitzen verengt, wirkte sie trotz ihrer wiedergewonnenen Lebensfreude nicht gerade wie eine große Abenteurerin.

»Sag mal, Henni, kann es sein, dass du eine Brille brauchst?«

»Ich? Unsinn. Wie kommst du darauf?«

»Ach, nur so.«

Sie richtete ihren Blick lieber wieder auf die umliegenden Berge. Die Aussicht beruhigte sie.

Wenn Henni zu eitel war, um sich eine Sehhilfe zu besorgen, war das ihre Sache. Bisher war sie gut gefahren, demnach konnte sie nicht völlig blind sein.

Nina unterdrückte ein Kichern. Mit einer blinden Fahrerin auf dem Weg nach Italien, schoss es ihr durch den Kopf. Das kann ja heiter werden.

Sie selbst hatte nur selten am Steuer gesessen. Zwar besaß auch sie den alten Führerschein IV, mit dem die Isetta gefahren werden durfte, aber sie war unsicher, fuhr oft so langsam, dass das kleine orangerote Auto einfach stehen blieb, und drückte dann zu plötzlich aufs Gas. Henni behauptete, von ihrem Fahrstil bekäme sie Magenkrämpfe, und Nina war jedes Mal froh, wenn die Freundin wieder übernahm.

Also ergab sie sich ihrem Schicksal und überließ es Henni, wie bald sie ihr Ziel erreichen würden.

»Nun lächle mal wieder ein bisschen, mein Goldstück. Sonst kommst du mit einem verkniffenen Gesicht in Rimini an. Das sieht nicht besonders hübsch aus. Die vielen feurigen Italiener werden vor dir Reißaus nehmen. Das wollen wir doch nicht.«

Gegen ihren Willen musste Nina lachen.

»Die vielen feurigen Italiener? Du hast wohl zu viele Liebesfilme gesehen und zu viele Schlagerschnulzen gehört, Henni.«

»Schon möglich. Aber die Liebe hat noch niemandem geschadet.«

Henni überlegte kurz und fügte dann hinzu: »Amore! Siehst du? Ich kann auch schon Italienisch.«

Nina dachte an ihre eigenen, äußerst rudimentären Kenntnisse der Sprache. Sophie von Bareis hatte nach zwei Lehrstunden zugeben müssen, dass sie ihr Vokabular ausgeschöpft hatte. Es sei eben schon zu lange her. Demzufolge konnte Nina nur ein wenig über das Wetter und die Aussicht plaudern. Eventuell noch über die Freundschaft zwischen Hitler und Mussolini, aber das war bestimmt keine gute Idee. Immerhin: Ein paar italienische Gerichte gingen ihr auch recht flott über die Lippen.

Sie löste ihren Blick von den Bergen und sah ihre Reisegefährtin von der Seite an. »Sag mal, du hast doch nicht etwa vor ... also ... ich meine ...«

»Was? Warum stotterst du auf einmal so herum?«

»Willst du dir etwa einen Mann suchen?«, platzte Nina heraus.

Henni legte den Kopf schief, da sie aber offenbar die Straße nun schräg sah, nahm sie schnell wieder eine gerade Haltung ein.

»Hättest du was dagegen?«

»Ich? Ähm ... nein, warum sollte ich?«

In Wahrheit war ihr der Gedanke jedoch nicht ganz geheuer. Henni war schließlich wirklich nicht mehr die

Jüngste. Und mit fast sechzig träumte sie noch einmal von einer Romanze?

»Ich rede ja gar nicht von der großen Liebe«, sagte Henni, als hätte sie ihre Gedanken gelesen. »Meinen Friedrich kann sowieso niemand ersetzen. Er war ein Feigling, aber ich habe ihn aus ganzem Herzen geliebt. Du hättest ihn in seinen guten Jahren sehen sollen! Als er stolz und aufrecht auf seinem Trakehnerhengst die Felder abgeritten ist. Wie ein König, sage ich dir.«

Kurz schien sie sich in der Vergangenheit zu verlieren, riss sich jedoch schnell wieder zusammen.

»Lassen wir das. Wie dem auch sei: Ein bisschen Spaß möchte ich schon noch haben.«

Nina stellte sich vor, wie Henni mit einem Italiener im Mondschein am Strand spazieren ging, während irgendwo eine Mandoline erklang.

»Weißt du«, fuhr Henni nachdenklich fort, »ich bin ja keine Frau, die groß jammert. Ich finde nur, in meinem Leben hat es bisher verflixt viel Kummer und Leid gegeben. Es wird Zeit, eine große Portion Glück und Lebensfreude in die andere Waagschale zu werfen.«

Beschämt legte Nina der Freundin kurz eine Hand auf den Arm.

»Du hast absolut recht, und ich hoffe sehr für dich, dass du finden wirst, was du suchst.«

»Danke. Dir wünsche ich das übrigens auch. Du sollst nicht bloß Karriere im Grand Hotel machen. Du sollst dein Leben genießen. Hast ja bisher auch nicht viel davon gehabt.«

Nina malte sich aus, wie sie selbst mit einem Italiener

am Strand spazierte. Der Mann sah natürlich aus wie Maurizio Benevento, aber eine romantische Stimmung wollte sich nicht einstellen.

»Da vorn ist die Grenze«, sagte Henni und erlöste sie damit aus ihren Überlegungen. »Hol schon mal die Pässe raus. Wenigstens ist da keine Steigung. Mit etwas Glück sind wir bald durch.«

Es dauerte dann doch eine geschlagene Stunde.

»Die reinste Blechlawine«, schimpfte Henni. »Was wollen die Leute bloß alle in Italien?«

Nina lächelte. »Urlaub machen, schätze ich mal.«

Schließlich waren sie durch, und als es bald darauf bergab durch Südtirol ging, rollte die Isetta um einiges flotter dahin.

Zu flott!

»Achtung!«, rief Nina erschrocken. »Da kommt eine Kurve!«

Henni brummte etwas Unverständliches. Sie hatte offenbar ihren Spaß an der unverhofften Geschwindigkeit. Aber sie bremste folgsam und schaffte es mit knapper Not durch die Kurve.

»Bist eben doch bloß eine Knutschkugel und kein Flugzeug, Elly«, sagte sie lachend, als die Gefahr gebannt war.

Nina, die sie schon beide zerschmettert im Abgrund gesehen hatte, atmete auf.

»Ich möchte gern lebend in Rimini ankommen.«

Henni nickte und fuhr nun langsamer.

Die Nacht verbrachten sie in einem einfachen Gasthaus in Bozen, und am nächsten Tag erreichten sie am späten Vormittag die Poebene.

»Guck mal«, sagte Henni und deutete auf ein kleines rundes Auto mit längerer Schnauze, das vor ihnen fuhr. »Davon habe ich schon eine Menge gesehen. Sind nicht viel größer als unsere Elly.«

»Stimmt«, gab Nina zu. Hier in Italien würden sie mit der Isetta hoffentlich weniger auffallen.

An der nächsten Tankstelle erfuhren sie, dass es sich bei diesem Autotyp um den Fiat Topolino handelte, einen Kleinwagen für die weniger gut betuchten Leute.

»Entzückend«, urteilte Henni und flirtete ungeniert mit dem Tankwart. »Wenn Elly mal keine Lust mehr hat, schaffe ich mir so einen Topolino an. Das heißt übrigens Mäuschen. Hat mir der reizende Herr hier eben erklärt. Amore!«

Woraufhin der »reizende Herr« nicht mehr wusste, wo er hinschauen sollte, an seinem fleckigen Unterhemd herumzupfte und Ellys Tank beinahe zum Überlaufen brachte. Nur ein Warnruf Ninas verhinderte eine gefährliche Benzinlache.

Herr im Himmel!, dachte sie bei sich.

Als sie weiterfuhren, fragte sie sich, ob es eine gute Idee gewesen war, die ältere Freundin mit nach Italien zu nehmen. Wäre Nina allein gefahren, hätte sie vielleicht die Dinge in Ruhe angehen und ihre eigenen Entscheidungen treffen können. Doch dann gestand sie sich ein, dass sie sich ohne Henni einsam gefühlt hätte. So sehr war sie inzwischen an ihre Freundin gewöhnt.

Während draußen endlose Reisfelder vorbeizogen, dachte Nina mit leiser Sehnsucht an ihre Großmutter. Das passierte ihr nicht zum ersten Mal auf dieser Reise.

Vielleicht lag es daran, dass sie sich schon so viele Kilometer von Hamburg entfernt hatte. Doch ihre Erinnerungen wollte sie auf keinen Fall zurücklassen.

Der Tod ihrer Eltern lag schon zu lange zurück – sie konnte sich kaum noch an sie erinnern. Martha Jacobi hingegen stand ihr auch nach mehr als zehn Jahren ganz genau vor Augen: Eine stämmige Frau, stets in eine Kittelschürze gekleidet, die über ihren Kolonialwarenladen in Barmbek mit ebenso strenger Hand herrschte wie über ihre Familie.

Ihr Mann Theo war seit dem Großen Krieg nicht mehr zu gebrauchen gewesen. Zu schreckhaft war er geworden, und er verkroch sich am liebsten zu seinen alten Kameraden in die Kneipe. Aber aus ihrem Sohn Hannes machte sie einen anständigen und starken jungen Mann.

Nur gegen die Weltwirtschaftskrise konnte sie nichts ausrichten, und als Hannes sein Leben aufgab und seine Frau ihm kurz darauf folgte, krempelte Martha Jacobi wieder mal die Ärmel hoch und nahm die kleine Nina zu sich. Sie brachte dem Kind alles bei, was sie über Lebensmittel wusste. Ihre besondere Leidenschaft galt den Gewürzen aus aller Welt, und an denen trainierte Nina ihren feinen Geruchssinn.

Aber leicht hätte sie es nicht mit ihr gehabt, hatte die Großmutter immer behauptet. Ein verschrecktes Mäuschen sei sie gewesen. Nina lächelte bei der Erinnerung.

»Vielleicht würde ein Topolino besser zu mir passen«, murmelte sie.

Henni hörte sie nicht, worüber Nina froh war. Andernfalls wäre ihr die Freundin lediglich mit ihrem gemeinsamen Lebensmotto gekommen. Vorbei ist vorbei.

Manchmal jedoch brauchte Nina diese kurzen Ausflüge in die Vergangenheit. Bei ihrer Großmutter, im staubigen, duftenden Kolonialwarenladen, lagen ihre Wurzeln. Sie hatte ihr die Kraft gegeben, ihr Leben zu meistern, und an einem Tag wie diesem war es hilfreich, sich daran zu erinnern, woher sie kam.

Äußerlich hatte sie mit Martha Jacobi nichts gemeinsam gehabt, aber manchmal bildete sie sich ein, sie hätte etwas von deren eisernem Willen geerbt. Einzig diesem Willen war es zu verdanken, dass sie einigermaßen durch die Kriegsjahre gekommen waren.

Als Marthas Mann Theo im Herbst '39 mit seinen alten Kameraden eine Sauftour unternahm, um die Schrecken des letzten Krieges zu vergessen, ging er irgendwo zwischen Barmbek und St. Pauli verloren. Erst Tage später wurde seine Leiche aus einem Fleet gefischt.

Martha nahm die Nachricht mit stoischer Ruhe entgegen.

»Jetzt sind wir nur noch zu zweit«, erklärte sie Nina und ging nach unten, um den Laden zu öffnen.

Erst im Sommer '43 stieß diese starke Frau an ihre Grenze. Als der Feuersturm auch das Haus zerstörte, in dem ihr Geschäft und die Wohnung lagen, brach ihr Herz entzwei. Nicht wortwörtlich, aber Nina sah es in ihren Augen. Ganz ruhig stand Martha Jacobi einige Tage später vor den Trümmern. Sie hatten endlich den Schutzbunker verlassen können und waren zu ihrer Straße geeilt.

Es gab nur noch rauchende Trümmer, und in Marthas Augen erlosch das Lebenslicht. Anders hatte es Nina nie auszudrücken vermocht, aber in dem Moment wusste die damals Neunzehnjährige, dass ihre Großmutter sie schließlich auch verlassen würde.

Ein halbes Jahr hielt Martha noch durch – Nina zuliebe. Aber dann gab sie auf, legte sich hin und starb.

Der nächste Mensch, den Nina wieder an sich heranließ, war Henni – da war der Krieg seit zwei Jahren vorbei, und Nina suchte im zerbombten Hamburg verzweifelt eine Unterkunft.

»Herrgott!«, rief Henni. »Du siehst aus, als würdest du zu einer Beerdigung fahren!«

Nina schrak zusammen.

»Entschuldige, ich …«, stammelte sie.

»Will ich gar nicht wissen. Deine umwölkte Stirn kann ja sogar mir die Laune verderben. Ab sofort übst du dich im Lächeln, verstanden?«

Nina nickte und gab ihr Bestes.

»Na also. Bis Bologna ist es nicht mehr weit, und danach geht es zur Adria. Du wirst sehen, wir sind in Nullkommanix in Rimini.«

Ganz so schnell ging es dann doch nicht, denn sie mussten noch mehrmals halten. Mal war der kleine Tank wieder leer, mal brauchte Henni Kaffee – wobei sie den ersten Espresso ihres Lebens gleich wieder ausspuckte –, mal musste Nina sich die langen Beine vertreten und stellte mit einigem Unbehagen fest, dass die männlichen Autofahrer auf dem Parkplatz sie mit Blicken verschlangen.

So erreichten sie Rimini erst am Abend, und es dauerte noch einmal eine geschlagene Stunde, bis sie sich zur Pension *Da Graziella* durchgefragt hatten.

Diese Pension war ihnen von Maurizio Benevento empfohlen worden. Sie läge gleich hinter dem Grand Hotel, sei ordentlich und sauber. Er hatte auch versprochen, sich um die Reservierung zu kümmern.

Also krabbelten sie frohgemut aus der Isetta und betraten den kleinen Empfangsbereich. Ein Mann saß hinter einem niedrigen Tresen und las ein Buch.

Als die beiden Frauen auf ihn zutraten, hob er den Kopf.

Ein Blick aus bernsteinfarbenen Augen traf Nina, und um ein Haar wäre sie zurückgeschreckt.

Ihr Herz geriet ins Stolpern, und ihre Stimme zitterte, als sie sagte: »Guten Abend.«

6. Kapitel

Guten Abend«, gab der Mann zurück. »Herzlich willkommen.«

Höflich erhob er sich, und Nina bemerkte, dass er in etwa so groß war wie sie. Unwillkürlich hoffte sie, er stünde nicht auf einem Podest hinter dem Empfangstresen.

Und warum sollte mich das interessieren?, fragte sie sich im nächsten Moment.

Weil sie von ihren überraschenden Empfindungen abgelenkt war, dauerte es einen Moment, bis sie begriff, dass der Mann ebenfalls deutsch redete. Zwar mit Akzent und rollendem R, aber sie war dennoch begeistert.

Und schön war er!

»Wenn hier alle Männer wie griechische Götter aussehen, wird das eine harte Zeit«, murmelte Henni hinter ihr, als könnte sie ihre Gedanken lesen. Sie sprach sehr leise, aber der Mann hinter dem Tresen bekam trotzdem hektische rote Flecken auf den glattrasierten Wangen.

»Ein griechischer Gott mit einem braunen Lockenkopf«, setzte sie hinzu. »Oder nein. Ich muss mich korrigieren: ein römischer Gott. Schließlich sind wir in Italien. Guten Abend, Amore!«

Der Mann schaute ratlos von einer Frau zur anderen.

Nina zwinkerte ihm zu, ohne selbst zu wissen, was sie da tat. Er zwinkerte zurück, und ihr Herz machte einen Satz. Es fühlte sich an, als würde sie ihn schon ihr Leben lang kennen.

Dann lachte er. Es war ein tiefes, melodisches Lachen.

»Was ist so lustig?«, wollte Henni wissen, konnte sich das Lachen aber selbst nicht verkneifen. »Sind Sie etwa kein Gott?«

»Ich hoffe nicht«, gab der Mann zurück. »Gestatten, Piero Antonelli.«

»Mhm. Wahrlich kein Göttername. Woher haben Sie dieses phänomenale Aussehen? Sind Sie etwa Schauspieler?«

»Nein, bedaure. Ich bin Grundschullehrer und gebe außerdem Italienischkurse.«

»Langweilig. Ist Ihr Vater genauso schön wie Sie? Und wenn ja: Wo ist er? Ich will ihn auf der Stelle kennenlernen.«

Die Frage verschlug Piero Antonelli dann doch die Sprache, und während Henni sich schon suchend umsah, griff Nina endlich ein.

»Bitte verzeihen Sie.«

»Es gibt nichts zu verzeihen.«

Wieder schauten sie einander an. Ein nie gekanntes Prickeln zog über Ninas Haut. Sie bekam es mit der Angst zu tun. War das hier etwa die berühmte Liebe auf den ersten Blick? Dieses Gefühl, an das sie nie geglaubt hatte, weil es sowieso nur in Liebesromanen beschrieben wurde?

»Hören Sie, lieber römischer Gott. Wir haben eine verflixt lange Fahrt hinter uns, und meine Freundin hier schläft gleich im Stehen ein«, unterbrach Henni ihre Gedanken. »Wären Sie so gut, uns unsere Zimmerschlüssel zu geben?«

Zu Ninas Erleichterung wandte Piero Antonelli den Blick ab, setzte eine randlose Brille auf und nahm ein schmales Register zur Hand.

»Ihre Namen, bitte?«

»Henriette Spiegel und Nina Jacobi. Maurizio Benevento hat für uns reserviert.«

Täuschte sie sich, oder verdüsterte sich seine Miene bei der Erwähnung des Namens?

Nina war sich nicht ganz sicher.

Nach einer Weile, die ihr wie eine Ewigkeit vorkam, schüttelte Piero den Kopf.

»Ich bedaure, aber uns liegen keine Reservierungen vor.«

»Unsinn«, widersprach Henni. »Signore Benevento hat uns zugesichert, dass er sich um alles kümmert. Und er ist ein Mann, der sein Wort hält. Schauen Sie noch einmal nach.«

Piero tat, wie ihm geheißen, aber Nina konnte sehen, dass es in dem schmalen Register nicht viel zu suchen gab.

»Unsere Pension verfügt über sechs Doppelzimmer«, erklärte er ruhig. »Drei im ersten Stock und drei im zweiten. Keines dieser Zimmer ist in Ihrem Namen gebucht worden.«

»Ist mir wurscht. Wir wollen sowieso zwei Einzelzimmer.«

Henni wurde langsam ungeduldig. »Schluss mit den Spielchen. Ich will duschen.«

Nina trat von einem Fuß auf den anderen.

»Bestimmt ist es nur ein Missverständnis«, sagte sie vorsichtig. »Vielleicht können wir einfach jetzt zwei Zimmer mieten?«

Piero schüttelte den Kopf. »Wir sind so gut wie ausgebucht und …«

»Was heißt so gut wie?«, wollte Henni wissen. »Ich schwöre, wenn ich nicht gleich ein Bett für die Nacht bekomme, schlage ich hier alles kurz und klein.«

»Henni!«

»Eine erschöpfte Frau darf doch wohl mal wütend werden!«

Jemand räusperte sich, und als Nina sich umwandte, sah sie einen älteren Mann von draußen hereinkommen.

Er fragte Piero etwas in schnellem Italienisch und musterte gleichzeitig die Besucherinnen. Sein Blick blieb ziemlich lange an Henni hängen, doch die schien ihn kaum zu bemerken.

Nina hingegen fand den Mann auf Anhieb sympathisch, und sie erkannte, dass er Pieros Vater sein musste. Seine Augen waren einen Hauch dunkler, seine Locken längst ergraut, doch er hatte dieselben Gesichtszüge wie sein Sohn.

»Mi scusi«, sagte Nina leise, doch die beiden Männer hörten sie gar nicht. Sie schienen sich zu streiten. Der

Name Benevento fiel, und wie schon vorher Piero schien nun auch der Vater alles andere als erfreut zu sein. Dann jedoch hob er die runden Schultern.

»Gli ospiti al primo posto«, sagte er mit Bestimmtheit.

Nina schaute fragend zu Piero, der übersetzte: »Die Gäste an erster Stelle.«

»Aber wenn Sie doch ausgebucht sind …«

»Fast«, korrigierte Piero freundlich. »Ich sagte fast, und mein Vater besteht darauf, Ihnen beiden unser schönstes Zimmer zu geben. Es liegt im ersten Stockwerk und verfügt als einziges über einen kleinen Balkon.«

»Aber …«

Piero lächelte. Sein Lächeln erreichte ohne Umwege Ninas Herz und löste ein unbekanntes Gefühl von Wärme aus.

»Keine Sorge«, sagte er. »Das Zimmer ist nicht belegt. Ist es nie.«

»Wie kann das sein?«

»Nun, mein Vater hegt die Hoffnung, dass das Grand Hotel eines Tages überbucht sein könnte.«

Er deutete nach draußen, und Nina stellte zu ihrer Überraschung fest, dass die Pension Da Graziella an der Rückfront des Luxushotels lag. Zwischen den beiden so unterschiedlichen Häusern lag nur ein großer Parkplatz, der zum Hotel gehörte.

»Bei einhunderteinundzwanzig Zimmern ist das unwahrscheinlich«, fuhr Piero, immer noch lächelnd, fort, »aber Papà gibt die Hoffnung nicht auf. Einmal im Leben will er einen besonderen Gast haben. Einen Filmstar, jemanden vom Fernsehen, eine Opernsängerin oder einen

Scheich. Er ist da nicht wählerisch. Hauptsache reich und, wenn möglich, sehr berühmt.«

Während sie miteinander sprachen, beäugten sich sein Vater und Henni. Der eine voller Interesse, die andere eher abfällig.

Er streckte eine Hand aus. »Luigi Antonelli.«

»Henriette Spiegel. Amore!«

Woraufhin der Pensionsbesitzer ähnlich hektische rote Flecken auf den Wangen bekam wie vorher sein Sohn. Er konnte ja nicht wissen, dass Henni nach Belieben das Wort Amore an ein Satzende stellte, weil sie sich dadurch wie eine Italienerin fühlte.

Nun ließ er einen Redeschwall auf Henni niedergehen, von dem beide Frauen kein Wort verstanden. Außer vielleicht *Bella*, *Luna* und *Mare*.

Beide schauten zu Piero, der sichtlich verlegen übersetzen musste.

Er wandte sich an Henni. »Mein Vater sagt, Sie sind so schön wie der Vollmond über dem Meer.«

»Soll das heißen, ich habe ein Mondgesicht?«

»Dio mio, nein! Er meint das als Kompliment.«

»Na gut. Sagen Sie ihm, er soll das Geschwafel sein lassen.«

Nina hoffte, Piero würde nicht wortwörtlich übersetzen. Tatsächlich wählte er offensichtlich einen diplomatischen Mittelweg, denn Luigi strahlte Henni an, als hätte sie soeben seinen Heiratsantrag angenommen.

»Können wir jetzt vielleicht unser Zimmer sehen?«, bat Nina, ehe die Situation ausufern konnte. »Wir sind wirklich sehr müde.«

»Natürlich. Oder haben Sie vielleicht Hunger? Wir sind ja nur eine Frühstückspension, aber gleich um die Ecke gibt es eine kleine Trattoria, wo Sie die besten Gerichte der Romagna probieren können. Oder, wenn Sie eine Pizza bevorzugen …«

Nina hob die Hand, um ihn zu unterbrechen. »Danke, aber wir haben während unserer letzten Pause eine Kleinigkeit gegessen. Wir möchten wirklich nur schlafen.«

»Eigentlich hätte ich nichts gegen eine Pizza«, wandte Henni ein. »Wir haben eine in der Nähe von Venedig probiert. War ungewohnt, aber lecker.«

Sie gab sich jedoch geschlagen, als Nina sie daran erinnerte, dass auswärts essen ihr Budget sprengen würde. Dabei fiel Nina siedend heiß etwas ein.

»Wie teuer ist das Zimmer?«

Piero wechselte ein paar Worte mit seinem Vater.

»Sechstausend Lire die Nacht«, sagte er dann. »Für Sie beide zusammen.«

Nina kalkulierte schnell im Kopf. Rechnen hatte sie bei ihrer Großmutter im Laden gelernt, da machte ihr niemand etwas vor.

»Nur zehn Mark? Sind Sie sicher?«

»Vertrauen Sie mir«, gab er zurück, und sie nickte.

»Grazie«, sagte sie schlicht.

Piero nahm einen Schlüssel vom Holzbrett hinter sich und erklärte, er werde ihr Gepäck hereinbringen.

»Es ist nicht viel«, sagte Nina schnell. »Warten Sie, ich komme mit.«

Als er draußen die Isetta sah, hoben sich seine Augenbrauen. »Damit sind Sie bis hierhergefahren?«

»Ja«, erwiderte Nina und fühlte sich auf einmal wie eine wagemutige Frau. »Von Hamburg aus. Das sind gut eintausendfünfhundert Kilometer.«

»Über den Brennerpass?«

Nina bejahte erneut.

Piero betrachtete die Knutschkugel, suchte offenbar nach dem richtigen deutschen Wort, um seine Bewunderung auszudrücken, fand keins und schwieg.

Nina holte die beiden ledernen Hutschachteln aus dem Kofferraum, er nahm sie ihr ab.

»Sehr stilvoll«, bemerkte er.

Sie lachte. »Das täuscht. Die alten Dinger gehören Henni, und da sind keine edlen Hüte drin.«

»Sondern?«

»Meine Sachen. Es passte nur ein Koffer ins Auto, und die beiden Schachteln ließen sich gut darüberstapeln.«

Mit diesen Worten holte sie auch Hennis grünen Koffer heraus.

»Schade«, meinte Piero schmunzelnd.

Wieder spürte sie dieses ungewohnte Prickeln.

»Was ist schade?«, fragte sie, obwohl die Vernunft ihr sagte, dass sie besser nicht nachhaken sollte.

Er legte den Kopf schief und musterte sie prüfend. »Nun, ich könnte Sie mir sehr gut mit einem schicken Florentinerhut vorstellen. Auf der Terrasse des Grand Hotels würden Sie sämtliche Blicke auf sich ziehen.«

Er dachte einen Moment nach und fügte dann hinzu: »Das Kleid dazu müsste rot sein. Schulterfrei, mit weit schwingendem Rock und …«

»Halt!«, rief sie. Es klang schärfer als beabsichtigt, aber sie wusste, dass ihr Gesicht inzwischen tiefrot angelaufen war.

Piero rieb sich über die Stirn und wirkte verblüfft – so als sei er gerade eben aus einem Traum erwacht.

»Bitte verzeihen Sie«, bat er. »Es ist nicht meine Art, einer Dame zu nahe zu treten.«

Da musste Nina schon wieder lachen.

»Was ist?«, fragte er besorgt.

»Na, das wird lustig, wenn wir uns immerzu beim anderen entschuldigen.«

Er grinste. »Wir werden den Umgang miteinander wohl noch üben müssen.«

Das klang erneut recht zweideutig, aber er schien es nicht zu bemerken, und so schwieg sie. Vielleicht fehlten ihm in der deutschen Sprache ja die Zwischentöne.

»Wie lange werden Sie bleiben?«, fragte er, als sie wieder die Pension betraten.

»Nun, das wissen wir noch nicht.«

»Aber jeder Urlaub geht einmal zu Ende.«

»Ich bin nicht hier, um Ferien zu machen.«

»Sondern?«

Sah sie da Hoffnung hinter seinen Brillengläsern aufflackern? Bitte nicht, dachte sie. Eine amouröse Verwicklung war so ungefähr das Letzte, was sie gebrauchen konnte. Es reichte schon, dass der undurchsichtige Maurizio Benevento ihr Kopfschmerzen bereitete.

»Ich werde im Grand Hotel arbeiten. Das heißt, wenn ich Glück habe und die Stelle bekomme.«

»Verstehe.« Ein Schatten flog über sein Gesicht, und

erneut fragte sich Nina, was es wohl für eine Verbindung gab zwischen dem Grand Hotel, Maurizio Benevento und der Familie Antonelli.

Da klingelte auf dem Tresen ein großer Telefonapparat aus schwarzem Bakelit.

Mit einem entschuldigenden Blick auf Nina stellte Piero das Gepäck ab und meldete sich.

»Pensione Da Graziella, buonasera.«

Er lauschte und legte die Stirn in Falten. Dann wechselte er ein paar schnelle Worte mit dem Anrufer. Schließlich winkte er Nina heran.

Sie nahm ihm den Hörer ab. »Hallo?«

»Fräulein Jacobi, ich bin untröstlich«, erklang Maurizio Beneventos Stimme. »Meine Sekretärin hat die Buchung für Sie verschlampt. Ich komme sofort und hole Sie ab. Dann bringe ich Sie in einem anderen Haus unter.«

»Das ist nicht nötig«, gab Nina freundlich zurück. »Wir haben noch ein Zimmer bekommen.«

»Wie bitte? Das ist unmöglich. Zwar ist noch keine Hochsaison, aber in Rimini ist bereits jede Abstellkammer belegt. Niemand war auf einen so großen Ansturm von Touristen vorbereitet. Man kommt mit dem Bauen neuer Häuser kaum nach. Es sei denn …« Er stieß einen Ausruf des Erstaunens aus und bat Nina, ihm noch einmal Piero zu geben.

Doch als sie ihm den Hörer reichen wollte, wehrte er mit einem Kopfschütteln ab.

»Er … ist unabkömmlich«, sagte sie hilflos in die Sprechmuschel.

Kurz herrschte Schweigen am anderen Ende der Leitung, und Nina fragte sich erneut, was zwischen den Antonellis und Maurizio Benevento wohl vorgefallen sein mochte, dass sie sich so spinnefeind waren. Und warum hatte Benevento sie und Henni dann ausgerechnet in dieser Pension unterbringen wollen?

Fragen über Fragen, auf die sie vorerst keine Antworten fand.

»Gut«, sagte Benevento schließlich. »Wenn der alte Dickkopf Luigi Ihnen unbedingt sein Prunkzimmer geben will, dann soll er das tun. Ich werde morgen vorbeikommen und nach dem Rechten sehen. Bitte grüßen Sie Frau Spiegel recht herzlich. Buonanotte, Signorina Jacobi.«

Piero und sein Vater, die während ihres Gesprächs leise miteinander geredet hatten, verstummten jetzt und taten, als hätte es die Unterbrechung nicht gegeben.

»Können wir endlich das Zimmer sehen?«, fragte Henni ungeduldig. Ohne eine Antwort abzuwarten, ging sie auf eine schmale Treppe zu, und Nina folgte ihr. Nach ihr kam Piero mit dem Koffer und den beiden Hutschachteln, und das Schlusslicht bildete sein Vater.

Das Zimmer war tatsächlich sehr hübsch. Es wurde von einem großen Doppelbett dominiert, aber es fand sich noch Platz für einen Schrank, einen kleinen Schreibtisch und sogar zwei schmale Sessel. Die Wände waren in Altrosa gestrichen und ließen den Raum einladend wirken.

Luigi Antonelli öffnete eine Fenstertür und lud seine Gäste ein hinauszutreten.

Nina und Henni fanden sich auf einem kleinen Balkon wieder, auf dem zwei Gartenstühle standen. Von hier oben konnten sie das Grand Hotel etwas besser sehen.

»Da drüben wären wir standesgemäß untergebracht«, stellte Henni fest. »Obwohl ich mir das Gebäude irgendwie pompöser vorgestellt habe. Ist ja bloß ein schmuckloser Kasten.«

»Das ist nur die Rückfront«, erwiderte Nina. Sie hatte in einer Buchhandlung in Hamburg einen Reiseführer gekauft, in dem auch das Grand Hotel von Rimini beschrieben wurde. »Warte, bis du es morgen von vorn siehst. Es ist eine wahre Pracht. Außerdem: Was heißt hier standesgemäß? Vergiss nicht, wir sind einfache Leute und haben bisher in einer Kellerwohnung gelebt.«

Plötzlich fragte sie sich, ob Henni wirklich zu den einfachen Leuten gehörte. Immerhin hatte sie früher zusammen mit ihrem Mann ein großes Landgut geführt, und manchmal hatte sie so eine vornehme Haltung an sich …

Seltsam, dass ich früher nie darüber nachgedacht habe, überlegte Nina.

Henni tat ihre Bemerkung mit einem Achselzucken ab. »Mir würde es trotzdem gefallen, dort zu wohnen.«

Piero erklärte ihnen noch, dass das Bett auseinandergezogen werden könne, falls sie zwei Einzelbetten bevorzugten. Und das Bad sei gleich zwei Türen weiter auf dem Gang. Es verfüge sogar über eine Dusche. Falls sie etwas bräuchten: Die kleine Dachwohnung, in der er mit seinem Vater lebte, läge direkt über ihnen. Es genügte, wenn sie gegen die Decke klopften.

Dann zogen sich die Antonellis zurück, wobei Piero bei seinem Vater sanfte Gewalt anwenden musste, weil dieser nicht aufhören wollte, Henni anzuschmachten.

»Die spinnen, die Italiener«, bemerkte Henni, als sie endlich allein waren.

7. Kapitel

Für ihr Vorstellungsgespräch mit dem Chefkoch war Nina fast eine Stunde zu früh dran, trotzdem verließ sie eilig die Pension.

Sie verspürte das Bedürfnis, allein zu sein, um sich zu sammeln.

Beim Frühstück hatte Henni nicht aufgehört zu reden. Über das sonnige Wetter, die zu weiche Matratze, den bitteren Kaffee, die viel zu süßen Hörnchen, den Klang der italienischen Sprache, die gut aussehenden Männer, die sie am frühen Morgen unter ihrem Balkon schon hatte vorbeigehen sehen.

Von Piero war keine Spur zu sehen, und Nina hatte erleichtert aufgeatmet, als sie den kleinen Frühstücksraum betreten hatte. Sie hoffte, sie habe sich die merkwürdige Spannung zwischen ihnen nur eingebildet.

Die Schulferien hätten in Italien schon im Juni begonnen, erklärte ihnen Luigi mit Hilfe einer zweisprachigen jungen Frau aus München. Und sie dauerten bis in den September an. Aber sein Sohn habe an diesem Vormittag wichtige geschäftliche Dinge zu erledigen, die keinen Aufschub duldeten.

»Klingt irgendwie nach Mafia«, hatte Henni gemurmelt, nachdem er sich wieder entfernt hatte.

»So ein Unsinn!«, hatte Nina empört ausgerufen.

Aber die Bemerkung ging Nina nicht aus dem Kopf, und sie dachte auch jetzt darüber nach, als sie über die breite Strandpromenade in Richtung Meer schlenderte.

Noch war es nicht allzu heiß, und sie genoss die leichte Brise, die ihre Haut streichelte.

Sie trug ein Sommerkleid, das sie sich für diesen besonderen Anlass noch kurz vor der Abreise bei Karstadt an der Mönckebergstraße gekauft hatte. Es war blassblau, besaß einen züchtigen Ausschnitt und reichte bis zu den Waden. Dazu hatte sie sich noch ein Paar weiße Riemchensandalen und ein Paar ebenfalls weiße Spitzenhandschuhe geleistet. Für einen Hut und eine Handtasche hatte ihr Geld nicht mehr gereicht.

Dennoch hatte Nina sich über die Anschaffung gefreut. Aber als sie jetzt die Promenade entlangschlenderte, plagten sie Zweifel. Die Damen, denen sie begegnete, wirkten alle um ein Vielfaches eleganter. Selbst jene, die nur an den Strand gingen, trugen exquisite zweiteilige Sommerensembles, die aus luftig leichten Blusen und flatternden Röcken oder hochmodernen Caprihosen bestanden. Die ganz mutigen Frauen zeigten sich sogar in Shorts. Die meisten von ihnen redeten deutsch miteinander.

Auf den Bänken saßen ältere Italiener und sahen sie schmachtend an. Nina ahnte, was in ihren Köpfen vorging. Hatten sie doch erst vor gut einem Dutzend Jahren zunächst mit den Deutschen und dann gegen sie gekämpft. Nun fragten sich diese Männer vermutlich, wann die strammen Kerle mit Knobelbechern und Stahlhelm verschwunden waren und diesen langbeinigen Schönheiten Platz gemacht hatten. Verrückte Welt! Aber schön anzusehen waren sie, die *tedesche*. Mamma mia! Jung müsste man noch mal sein!

Eine besonders vornehm wirkende Frau mit zwei afghanischen Windhunden an der Leine stolzierte an Nina vorbei.

Ich bin hier falsch, schoss es ihr durch den Kopf, und sie blieb unsicher stehen.

Dann jedoch erinnerte sie sich daran, dass diese Damen hier vermutlich Gäste des Grand Hotels waren und somit die oberen Zehntausend repräsentierten. Weiter südlich oder nördlich am Strand sahen die Menschen bestimmt ganz anders aus.

Kurz war sie versucht, über den hellen Sand bis hinunter ans Wasser zu laufen. Das strahlend blaue Meer lockte sie mit seinem leisen Rauschen. Die salzhaltige Luft vertrieb jegliche Reisemüdigkeit, und die Sonne streichelte ihre Haut. Nur mit einiger Mühe widerstand sie der Versuchung. Sie hatte Angst, ihre Sandalen zu ruinieren, und sie wollte auch nicht zerzaust im Hotel ankommen. Später sollte sie sich über ihren Entschluss noch ärgern. Da wusste sie bereits, wo sie ihre Arbeitstage verbringen würde.

Schließlich wandte sie sich vom Meer ab und machte sich auf den Weg in den Park, der zum Grand Hotel gehörte.

Natürlich war ihr klar, dass sie nicht einfach durch den Haupteingang hineinspazieren durfte, aber sie wollte wenigstens einen Blick auf das Gebäude werfen, bevor es Zeit für ihr Vorstellungsgespräch wurde.

Zu der Meeresluft gesellte sich nun der würzige Duft der Schirmpinien, und Nina atmete tief ein. Sie entdeckte Oleanderbüsche mit prachtvollen weißen und roten Blüten, bewunderte hohe Zypressen und Rosmarinbüsche. Großmutter Martha hatte vor vielen Jahren versucht, auf ihrem Balkon Rosmarin und Basilikum zu ziehen – mit eher mickrigem Erfolg.

Nina nahm einen schmalen Steinweg, kam an geschwungenen Gartentischen mit zierlichen Stühlen vorbei, entdeckte einen wunderschönen alten Brunnen, hob endlich den Blick – und riss vor Staunen die Augen auf.

Wenigstens klappte nicht auch noch ihr Mund auf, denn in diesem Moment ging ein Paar an ihr vorbei und schaute sie kurz irritiert an.

Nina kämpfte darum, ihre Fassung zurückzugewinnen. Aber der Anblick des Grand Hotels war wirklich außergewöhnlich. Sie kannte das imposante Vier Jahreszeiten in Hamburg, doch nichts hatte sie auf diese Schönheit vorbereitet. Vor ihr erhob sich ein Meisterwerk des italienischen Jugendstils, groß und mächtig, aber gleichzeitig von verspielter Leichtigkeit.

Wie ein weißes Schiff, das jederzeit über den Ozean davonfahren könnte, dachte Nina.

Über vier Stockwerke erstreckten sich hohe Fenstertüren, die meisten mit kleinen, wie hingetupft wirkenden Balkonen davor. Klare Linien wurden von säulenartigen

Vorbauten unterbrochen und schenkten dem großen Gebäude ein hohes Maß an Eleganz. Der ursprüngliche Bau war von zwei Kuppeln auf dem Dach geschmückt worden, die jedoch in den zwanziger Jahren abgebrannt waren.

Eine große Terrasse zog sich über die gesamte Breite des Hotels. Nina erinnerte sich daran, dass sie in ihrem Reiseführer etwas über die legendären Feste auf dieser Terrasse gelesen hatte.

Noch ein paar Minuten stand sie dort und betrachtete das Hotel, dann wandte sie sich ab, verließ den Park, umrundete das Gebäude und meldete sich zehn Minuten später auf der Rückseite am Personaleingang.

Dabei fiel ihr Blick auf die Pension Da Graziella, die hier hinten direkt neben dem Grand Hotel stand und an den Parkplatz angrenzte.

Ein Gedanke streifte sie, doch bevor sie ihn zu fassen bekam, wurde die Tür geöffnet, und ein junges Mädchen schaute sie erschrocken an. Es trug einen schwarzen Kittel mit einer weißen Schürze. Auf ihrem straff zurückgekämmten Haar saß eine ebenfalls weiße Haube.

»Buongiorno«, sagte Nina höflich, weiter kam sie jedoch nicht.

Das Mädchen ließ einen italienischen Redeschwall auf sie los und deutete dabei über den Parkplatz und bis zur Ecke des Gebäudes.

Nina begriff. Das Mädchen hielt sie für einen Gast, der sich verlaufen hatte.

Geschmeichelt hob sie ein wenig das Kinn und sonnte sich für einen Moment in der Vorstellung, sie wäre eine reiche Prinzessin – aus Norwegen vielleicht, oder Dänemark.

»Maria! Vai via!«, sagte eine Stimme scharf. Eine streng wirkende Frau drängte das Mädchen zur Seite und baute sich vor Nina auf.

Diese Frau war nicht so leicht zu täuschen. Das erkannte Nina sofort. Ihr genügte ein Blick auf ihr Kleid aus billigem Polyester, um sie richtig einzuordnen. Dennoch blieb sie höflich, als sie in gutem Deutsch fragte: »Was kann ich für Sie tun?«

Nina wunderte sich, wie schnell sie als Deutsche erkannt worden war.

»Buongiorno«, wiederholte sie. »Mein Name ist Nina Jacobi, ich bin mit Signore Galli verabredet.«

»Aha. In welcher Angelegenheit?« Die Frau sprach mit starkem Akzent, aber flüssig.

»Es geht ... also, es geht um eine Anstellung in der Hotelküche.«

Sie zog die schwarzen Augenbrauen hoch. »Ich glaube kaum, dass unsere Gäste freiwillig etwas zu sich nehmen werden, das von einer Deutschen gekocht wurde.«

Das klang so abfällig, dass Nina spürte, wie ihre Knie weich wurden. Die Frau hatte ja recht. Der Krieg lag noch nicht lange genug zurück. Als zahlende Touristen mochten die Deutschen vielleicht gern gesehen sein, aber nicht als Menschen, die in Italien leben wollten.

Die Frau musste Nina ihre Enttäuschung angesehen haben, denn sie wirkte auf einmal etwas weniger abweisend.

»Bene, es wird schon alles seine Richtigkeit haben. Ich bin Rosanna Ferri, die erste Hausdame. Bitte folgen Sie mir.«

Damit wandte sie sich um, rief Maria, die Nina immer noch anstarrte, noch einmal zur Ordnung und lief durch einen schmalen Flur.

Nina folgte ihr und fröstelte unwillkürlich. Hier drinnen schien der Sommer weit entfernt.

Rosanna Ferri durchquerte mehrere verwinkelte Gänge, bis sie schließlich an einer breiten Treppe stehen blieb.

»Stefano!«, rief sie laut nach unten und fügte etwas auf Italienisch hinzu.

Jemand antwortete, und Rosanna nickte Nina zu. »Gehen Sie hinunter. Sie werden erwartet.«

»Im Keller?«, fragte Nina ungläubig.

»Ja, es ist eine Besonderheit des Grand Hotels. Die Küche wurde unterirdisch angelegt.«

Während Nina nun die Treppe hinabstieg, entging ihr nicht die Ironie an dieser Geschichte: Ich habe meine Kellerwohnung aufgegeben, nur um künftig in einem Keller zu arbeiten.

Sie dachte an den Strand und das Meer und bedauerte es auf einmal, nicht bis zum Ufer gelaufen zu sein.

Unten angekommen, siegte aber ihre Neugier über die unangenehme Überraschung, und sie sah sich aufmerksam um.

Die Küche war sogar noch größer als die des Vier Jahreszeiten und verfügte über eine lange Reihe hochmoderner Gasherde. Die steinernen Arbeitsflächen wirkten peinlich sauber. Nina schaute genauer hin. Nein, das war nicht einfach Stein, das war Marmor. Es musste sich vornehm anfühlen, auf einer solchen Arbeitsfläche Gemüse zu schnippeln.

An einer Wand waren mehrere große Spülbecken aufgebaut, und daneben stand ein schrankartiges Gerät, das laut gurgelnde Geräusche von sich gab. Nina war sich nicht ganz sicher, aber sie glaubte, es handle sich dabei um eine Geschirrspülmaschine. So etwas hatte es in Hamburg nicht gegeben. Dort erledigten ausschließlich die Küchenmädchen den Abwasch.

Selbstverständlich gab es auch hohe und breite Eisschränke, und ein Nebenzimmer schien als Kühlraum eingerichtet worden zu sein. An jeder freien Fläche an den Wänden hingen Töpfe, Pfannen und Ofenformen. Die Fenster waren hoch gelegen und erinnerten Nina schmerzlich an das einzige Fenster in Barmbek, doch dann sagte sie sich, dass es ansonsten kaum Ähnlichkeiten mit der muffigen Wohnung gab. Trotz ihrer Lage war diese Küche hell und gut durchlüftet. Neonröhren erstreckten sich über die gesamte Decke, zusätzlich zu den Fenstern sorgten riesige Ventilatoren für eine kühle Brise.

Zwei Stunden vor dem Mittagessen herrschten Hektik und lautes Stimmengewirr, aber Nina erkannte sofort, dass hier jeder wusste, wo sein Platz war. Die verschiedenen Arbeitsgänge waren perfekt aufeinander abgestimmt. Während zwei Köche gekonnt Nudelteig kneteten, ihn dann mit einer seltsam aussehenden, einen halben Meter langen hölzernen Rolle auf großen Brettern auswalkten und in kleine Vierecke schnitten, bereiteten zwei andere direkt neben ihnen eine Fleischfüllung zu, zerteilten sie in winzige Portionen und legten diese auf die Vierecke. Kaum war ein solches Brett fertig, schoben sie es weiter, wo eine einzelne Frau in unglaublicher Geschwindigkeit die Nudelteile über Eck faltete und zu kleinen Kringeln formte.

Nina war fasziniert. Jeder der Nudelkringel glich dem anderen, als wären sie mit einer Maschine hergestellt worden.

»Das sind Tortellini«, erklärte ein großer hagerer Mann um die fünfzig, der unbemerkt neben sie getreten war. »Bei uns heißen sie auch Cappelletti, weil sie wie winzige Hüte aussehen. Der Teig wird aus Mehl, Wasser, Salz und Eiern hergestellt, die Füllung ist ein Geheimnis jeder Familie der Romagna. Traditionell werden sie in einer Brühe aus Rindfleisch und Kapaun gekocht und mit frisch geriebenem Parmesankäse angerichtet.«

Nina nickte nur, nicht sicher, was sie antworten sollte. Ihr war klar, dass sie den Chefkoch vor sich hatte.

Der Mann reichte ihr die Hand. »Stefano Galli. Sie sind Nina Jacobi?«

»Ja, angenehm.«

Sein Händedruck war fest. Bevor sie fragen konnte, erklärte er: »Meine Mutter stammt aus Südtirol. Von ihr habe ich Deutsch gelernt.«

»Verstehe.«

Er musterte sie aufmerksam, und sie wand sich innerlich unter seinem Blick.

»Für eine Köchin sind Sie ziemlich groß«, sagte er dann.

»Na ja, Sie sind auch nicht gerade klein«, schoss sie zurück.

Nina hätte sich selbst ohrfeigen können. Warum musste sie ihm bloß gleich so frech antworten?

Galli lächelte schmal. »Verzeihen Sie, wenn ich grob klinge. Ich wollte Sie keineswegs beleidigen. Aber wenn Sie genau hinsehen, bemerken Sie, dass unsere Arbeitsfläche der durchschnittlichen Größe eines Italieners angepasst ist. Sie werden viel mit einem krummen Rücken stehen müssen, wenn Sie hier anfangen wollen.«

»Das geht schon«, erwiderte sie schnell. »Ich bin es nicht anders gewohnt.«

»Va bene. Etwas sagt mir, dass Sie über einen ausgezeichneten Geruchssinn verfügen.«

Nina spürte, wie sie rot wurde. Aber dann verstand sie, dass Galli sie nicht beleidigen wollte. Er hatte nur professionelle Rückschlüsse auf ihre große Nase gezogen.

»Das stimmt«, sagte sie leise.

»Sehr gut. Bitte kommen Sie mit.«

Erleichtert folgte sie ihm. Viele Blicke in der Küche waren inzwischen auf sie gerichtet, und die wenigsten waren freundlich.

Kein Wunder, dachte sie. Wahrscheinlich hat es sich bereits herumgesprochen, dass die Neue auf Empfehlung des einflussreichen Maurizio Benevento hier ist.

Nina ahnte, dass sie es unter den Kollegen schwer haben würde – falls sie die Stelle denn überhaupt bekam.

Kaum saßen sie sich in einem winzigen Büro gegenüber, forderte Stefano Galli sie auf: »Ziehen Sie mal die Handschuhe aus.«

Sie zögerte, obwohl sie wusste, dass seine Neugierde rein beruflicher Natur war.

Schließlich tat sie, wie ihr geheißen.

»Handflächen nach unten, bitte. Gut. Sie arbeiten hart. Bei uns gibt es keine stumpfen Messer. In Zukunft werden Sie Ihre Hände schonen können.«

»Heißt das …« Sie musste sich räuspern. »Heißt das, ich habe die Stelle?«

»Selbstverständlich. Benevento hat Sie empfohlen. Niemand im Hotel würde ihm widersprechen. Der Direktor nicht, und der Besitzer schon gar nicht, übrigens ein entfernter Cousin von ihm. Ich bin ohnehin nur ein ziemlich kleines Rädchen im Getriebe.«

»Verstehe.« Nina wusste nicht, ob sie erleichtert oder besorgt sein sollte.

»Sie haben bisher im Vier Jahreszeiten in Hamburg gearbeitet?«, fragte Galli.

»Das ist richtig.«

»Und haben Sie dort die Möglichkeit gehabt, Ihr Talent zu zeigen?«

»Nur selten.«

»Weil Sie eine Frau sind?«

Sie konnte nur staunend nicken.

Galli schmunzelte. »Meine Mutter hat für die Selbstbestimmung der Frau gekämpft. Unter Mussolini ist sie nicht weit damit gekommen, aber uns Kindern hat sie eingetrichtert, dass Frauen genauso viel wert sind wie Männer.«

»Bewundernswert.«

»Unter meiner Führung werden Sie also wirklich als

Köchin arbeiten dürfen. Natürlich nicht sofort. Ich muss erst sehen, was Sie können. Aber nach und nach bekommen Sie größere Aufgaben zugewiesen. Wie Sie mit den Kollegen auskommen, liegt allerdings ganz bei Ihnen.«

»Das wird bestimmt nicht leicht«, erwiderte Nina leise.

Galli lächelte ihr ermutigend zu. »Sie müssen das verstehen. Der Krieg liegt noch nicht lange zurück. Viele meiner Leute haben selbst gekämpft, viele haben jemanden verloren. Rimini wurde schwer bombardiert. Selbst das Grand Hotel erlitt große Schäden. Es ist erst vor zwei Jahren wiedereröffnet worden. Die äußeren Wunden mögen verschwunden sein, aber die inneren sind kaum vernarbt.«

Nina fand, er sprach mehr wie ein Philosoph als ein Koch.

Ich habe auch jemanden verloren, wollte sie erwidern. Meinen Mann und meine geliebte Großmutter. Auch mein Zuhause wurde zerstört.

Aber sie schwieg. Sie wusste ja, dass es nichts half, wenn Menschen ihre Verluste gegeneinander aufrechneten. Und ihr war auch klar, dass Galli es gut meinte. Viele Menschen, auch hier in der Küche, sahen die Welt in Schwarz-Weiß, und in dieser Welt waren die Deutschen die Bösen.

Also sagte sie nur: »Ich werde alles tun, um zurechtzukommen. Gleich morgen fange ich an, Italienisch zu lernen.«

»Das ist schon mal eine gute Idee. Aber nehmen Sie die Stunden am frühen Vormittag. Um zehn ist Dienstantritt, und abends kann es spät werden.«

Er nannte ihr noch ein Gehalt, das mehr als anständig war, und versprach einen freien Tag pro Woche. Nina fragte sich, ob ihre Kollegen auch so viel verdienten oder ob Benevento auch hier seine Hände im Spiel hatte, aber dann beschloss sie, sich nicht zu viele Gedanken zu machen.

Sie hatte eine Arbeit, sie begann ein neues Leben. Und sie würde jeden Tag aufs Neue die Herausforderungen meistern.

8. Kapitel

Es war fast Mitternacht, als Nina das Grand Hotel durch den Personaleingang verließ. Müde streckte sie ihren schmerzenden Rücken. Seit drei Tagen arbeitete sie nun in der Küche, und sie war davon überzeugt, dass sie keine weiteren drei Tage durchhalten würde. Nicht einmal drei Stunden. Alles lief schief, und sie fragte sich, wie es bloß so weit hatte kommen können.

Niemand dort mochte sie. Stefano Galli mal ausgenommen. Aber selbst er schien sich von ihr zurückzuziehen. Wahrscheinlich fürchtete er, seine gesamte Küchenmannschaft gegen sich aufzubringen, wenn er mit der Neuen, der großen *tedesca*, auch nur ein privates Wort wechselte.

Nina lachte bitter auf. Als hätte sie auch nur eine Sekunde Zeit für eine private Unterhaltung gehabt.

Ab dem Moment, in dem sie die Küche betrat, bis zur letzten Sekunde ihres Dienstes wurde sie herumgescheucht. Vom Souschef, von den untergeordneten Köchen, von den Frauen, sogar von den Küchenmädchen. Jeder einzelne von ihnen schien sich einen Spaß daraus zu machen, Nina keine Pause zu gönnen.

So eilte sie mit dem dreckigen Geschirr zu den Spülbecken, entfernte die gröbsten Essensreste, sortierte Teller und Schüsseln in die Geschirrspülmaschine, lief dann zu einer der Arbeitsflächen, wo Berge von Zucchini darauf warteten, in hauchdünne Scheiben geschnitten zu werden. Anfangs war sie ausgelacht worden, weil sie dieses ihr unbekannte Gemüse wie Gurken behandelt und das Messer entsprechend nachdrücklich angesetzt hatte. Aber schon bald hatte sie den Dreh raus und wandte nur noch wenig Kraft auf. Von dieser Arbeitsfläche ging es dann hinüber zum Obst, wo die letzten Kirschen entkernt oder wunderbar große und pralle Pfirsiche in Stücke geschnitten werden mussten. Zwischendurch musste sie wieder zu den Spülbecken, was selbstverständlich eine Arbeit der Küchenmädchen war.

Nina jedoch führte jeden Auftrag aus, ohne zu murren. Auch rannte sie auf Befehl regelmäßig in den Kühlraum – meist nur, um ein einzelnes Stück Käse oder einen Klecks Butter zu holen. Dinge, die auch in den Eisschränken aufbewahrt wurden. Doch es schien ihren Kollegen Spaß zu machen, sie aus der aufgeheizten Küche in die Kälte zu schicken. Im Laufe eines Arbeitstages kamen die Ventilatoren nicht mehr gegen die Hitze an den Herden an, und wer an diese Temperaturen nicht gewöhnt war, konnte schon seine Probleme damit bekommen. Vor allem, wenn er sich plötzlich in einer um gut dreißig Grad kälteren Umgebung wiederfand.

Nina tat, als würden ihr die Ausflüge in den Kühlraum zu schaffen machen, aber in Wahrheit war sie über jeden Gang dorthin froh. Seit ihren Jahren in der Nissenhütte war sie gegen Kälte unempfindlich, aber das brauchte ja niemand zu wissen.

Vom Meer her wehte ein salziger Duft herüber. Nina atmete tief ein und aus und befreite ihre Geruchsnerven von den Küchendünsten. Sie hatte die Adria seit ihrem ersten Morgen in Rimini nicht mehr gesehen, aber jeden Tag aufs Neue nahm sie sich fest vor, früh genug für einen ausgiebigen Strandspaziergang aufzustehen.

Bloß war es bisher bei dem Vorhaben geblieben. Sie war so erschöpft, dass selbst das blecherne Scheppern ihres Weckers im Schlaf wie sanftes Glöckchenklingeln klang.

Einzig Henni schaffte es, sie aus dem Bett zu kriegen. Die Freundin brüllte auf sie ein, bis Nina vor Schreck hochfuhr und sich ausmalte, wie diese Stimme einst in Ostpreußen das Vieh veranlasst hatte, sich in Zweierreihen auf der Weide aufzustellen. Darüber musste sie lachen, und dann war sie vollends wach. Luigis viel zu starker Espresso und ein zuckersüßes Hörnchen erledigten den Rest, und wenn sie pünktlich ihren Dienst antrat, war sie für einen neuen Tag gewappnet – bis sie mit jeder Stunde schlapper und schlapper wurde.

Ja, sie schuftete schwer, aber sie würde keinem ihrer Kollegen die Genugtuung gönnen, sie zusammenbrechen zu sehen. Mochten ihre Füße brennen, mochte ihr Rücken von der krummen Haltung schmerzen, mochten ihre Augen tränen, weil sie wieder drei Kilo Zwiebeln gehackt hatte – aufgeben kam nicht infrage!

Manchmal glaubte sie, im Gesicht der einen oder anderen Frau so etwas wie ein halbes Lächeln zu entdecken. Vor allem, wenn sie wieder mal keine Zeit fand, einen Happen zu essen – was in einer so großen Küche mit all den herrlichen Gerichten und den vielen Resten, die in den Töpfen blieben, wahrhaft lächerlich war. Vielleicht waren nicht alle damit einverstanden, wie sie behandelt wurde, vielleicht wussten insbesondere die Frauen, wie schwer es war, sich in einer Männerwelt durchzusetzen. Doch keine von ihnen wagte es, den Zusammenhalt der Gruppe zu gefährden.

Leise Musik wehte zu ihr herüber, und Nina spitzte die Ohren. Sie erkannte einen Walzer und folgte den Tönen wie im Traum. Die Musik lockte sie um das Hotel herum in den weitläufigen Park. Dort duckte sie sich hinter einen Oleanderbusch, obwohl jeder einzelne Wirbel dabei ein leises Knacken von sich gab.

Dann wagte sie es aufzublicken.

Die Terrasse des Grand Hotels war hell erleuchtet und zusätzlich mit bunten Lampions und Lichterketten geschmückt. Die weiß strahlende Fassade schien alle Lichter zu reflektieren, und so bot sich Nina ein geradezu überirdischer Anblick. Als hätte jemand eine Filmszene ausgeschnitten und wie zufällig vor das Hotel platziert.

Auf einem erhöhten hölzernen Podium spielte ein fünfköpfiges Orchester, über die Tanzfläche schwebten die Paare. Der Takt war etwas schneller als beim klassischen Wiener Walzer, die Schritte der Tänzer kürzer, die Drehungen schneller. Das gefiel Nina. Es wirkte moderner, flotter.

Die Herren trugen durchweg weiße oder schwarze Smokings – Nina glaubte, sogar den einen oder anderen Frack mit wehenden Rockschößen zu entdecken. Die Haare waren, sofern vorhanden, mit viel Pomade nach hinten gekämmt.

Um einiges farbenprächtiger präsentierten sich die Damen. Zwar herrschten Schwarz und Dunkelblau bei den Abendroben vor, doch dazwischen gab es auch fröhlichere Kleider in Rot, Grün oder Pastell. Die Stoffe waren edel, das konnte Nina von Weitem erkennen. Wahrscheinlich Seide und viel Chiffon. Fast alle Damen trugen Handschuhe bis über die Ellenbogen, und an den Handgelenken baumelten kleine Täschchen. Juwelen funkelten im wechselnden Licht, die aufwendigen Frisuren verrutschten um keinen Millimeter, zarte Wolken von Parfum mischten sich mit dem Meeresgeruch und dem Pinienduft.

Als das Orchester ein neues Lied anstimmte, verließen einige Paare die Tanzfläche, ließen sich ihre Champagnerflöten füllen und summten zu dem Lied, das nun folgte. Am Mikrophon stand der Dirigent und sang mit einschmeichelnder Stimme *Arrivederci Roma*.

Nina musste schlucken. Sie hatte diesen Schlager schon ein paarmal gehört, und jedes Mal löste er in ihr ein unbestimmtes Gefühl von Traurigkeit aus. Die Melodie war eingängig, den Text konnte sie nicht verstehen, aber sie vermutete, er handelte von Abschied.

Hie und da tupfte sich eine Dame mit einem Spitzentuch die Augenwinkel ab, schließlich durfte das kunstvolle Abend-Make-up mit dem geschwungenen schwarzen Lidstrich und dem kirschroten Lippenstift nicht in Gefahr geraten.

Nina hatte keine solche Probleme. Sie rieb sich kräftig über die Augen und redete sich ein, sie tränten nur noch wegen der Zwiebeln.

Als kurz darauf ein schnelleres Stück gespielt wurde, änderte sich die Stimmung auf der Terrasse erneut schlagartig. Der melancholische Moment war vorbei, es wurde wieder ausgelassen gefeiert und gelacht.

Sehr laut gelacht.

Nina hatte gerade beschlossen, sich wieder aus dem Park zu schleichen, als sie merkte, dass sie dieses eine besondere Lachen nur zu gut kannte.

Sie verharrte, noch halb in der Hocke, halb aufrecht.

Ihr Rücken protestierte knirschend, aber sie war auf einmal wie gelähmt.

Sie täuschte sich! Ganz bestimmt täuschte sie sich. Vor lauter Müdigkeit spielten ihre Sinne ihr einen Streich.

Schon richtete sie sich auf und wandte sich ab. Da hörte sie es wieder. Hennis Lachen.

Diesmal gab es keinen Zweifel. Nina wirbelte herum. Ihr Rücken gab keinen Ton mehr von sich. Was ein gutes oder schlechtes Zeichen sein konnte. Sie achtete nicht darauf, sondern ging um den Oleanderbusch herum und über einen der Steinwege auf die Terrasse zu.

Schon in einiger Entfernung erkannte sie Henni. Ihre Freundin ließ sich von einem älteren Herrn herumwirbeln und jubelte dabei aus voller Kehle.

Einige Damen in ihrer Nähe schauten indigniert, Henni kümmerte es nicht.

»Avanti! Amore!«, rief sie.

Ihr Vokabular war in den vergangenen Tagen nur unwesentlich gewachsen. Immer noch mehr als Ninas. Sie hatte noch keine Zeit gefunden, sich bei Piero zu einem Italienischkurs anzumelden – was zum einen mit ihrer Müdigkeit zusammenhing, zum anderen mit ihrer leisen Furcht, seine Anziehungskraft könnte ihr Leben zusätzlich kompliziert gestalten.

Hennis Kavalier gab sich alle Mühe, sie schneller und schneller zu drehen. Doch der Mann hatte schätzungsweise die siebzig bereits überschritten, und er keuchte vernehmlich. Er war ein distinguierter Herr in schwarzem Smoking, der vermutlich gar nicht wusste, wie ihm geschah.

Andere Paare machten Platz, offenbar befürchtete man ein Unglück.

Nina wollte nach ihrer Freundin rufen, aber sie war zu fasziniert von Hennis Anblick. All die Jahre hatte sie sie in schlichten Klamotten gesehen, oft auch in praktischen Männerhemden und Hosen. Wenn man stundenlang für Milch und Brot anstehen musste oder darauf wartete, dass vom Güterwaggon ein paar Kohlebriketts herunterfielen, empfahl sich praktische Kleidung.

Heute jedoch trug sie ein Kleid, das es locker mit der Eleganz der anderen Abendroben aufnehmen konnte. Es war dunkelblau und mit so vielen Pailletten bestickt, dass es bei jeder Drehung wie der Sternenhimmel um Mitternacht funkelte.

Nina trat noch ein paar Meter näher und entdeckte Ohrringe mit je einem großen Saphir in einer ovalen Fassung.

Hennis graues Haar war blond gefärbt und in weiche Wellen gelegt. Irgendwann im Laufe des Tages, während Nina in der Küche geschuftet hatte, musste sie einen Friseur gefunden haben, mit dem sie sich hatte verständigen können. Ihr Gesicht war kunstvoll geschminkt, und sie wirkte um Jahre jünger.

Nina stand da und sah dem schnellen Tanz zu.

Im nächsten Augenblick verlangsamte das Orchester den Rhythmus, und die Takte eines langsamen Walzers erklangen. Nina vermutete, jemand habe dem Dirigenten ein Zeichen gegeben.

Zum Glück.

Hennis Kavalier war mittlerweile hochrot im Gesicht und wirkte außerordentlich dankbar, als er nun das Tempo drosseln durfte.

Henni nicht. Sie ließ den Mann so plötzlich los, dass er ins Schwanken geriet. Er wäre gestürzt, wenn er nicht von einem anderen Tänzer gehalten worden wäre.

Henni raffte ihr langes Kleid und bahnte sich ihren Weg zum Podium.

»Avanti! Amore!«, rief sie erneut.

Wieder brachen die Gäste in Gelächter aus, diesmal jedoch klang es hämisch.

Nina konnte spüren, wie die Stimmung kippte. Mochte man eben noch mit der verrückten *tedesca* gefeiert haben, so war man nun peinlich berührt. Wer war diese dahergelaufene Frau überhaupt? Diese protzigen Ohrringe konnten nicht echt sein, oder? Und wieso benahm sie sich so ungehobelt?

Henni schien nichts davon zu bemerken, denn sie palaverte nun mit dem Dirigenten, der jedoch offenbar kein Wort verstand.

Inzwischen war Nina so nahe, dass sie mit ein paar Schritten die Terrasse hätte erreichen können. Doch sie zögerte. Noch hatte niemand sie bemerkt, und sie hoffte, das möge so bleiben. Sie trug doch bloß eine alte Kittelschürze, roch nach Küche und hatte ihr strähniges Haar unter einem Kopftuch versteckt. Andererseits stand dort Henni, und die würde jeden Augenblick ihre Hilfe brauchen.

9. Kapitel

Während Nina noch zögerte, nahte Rettung von unerwarteter Seite.

Maurizio Benevento bahnte sich seinen Weg durch die Schar der Gäste. Er trug einen weißen Smoking und sah umwerfend gut aus. Die Blicke sämtlicher Damen folgten ihm, und Nina hörte so manch sehnsüchtigen Seufzer.

Benevento blieb neben Henni stehen. Allein seine Anwesenheit ließ das Gelächter verklingen, und als er nun eine Verbeugung andeutete und ihre Hand küsste, legte sich die Aufregung.

Erst als er laut und deutlich »Buonasera, contessa« sagte, wurde überrascht getuschelt.

Nina glaubte erneut, sich verhört zu haben. Contessa? Das bedeutete Gräfin, irgendwo hatte sie das mal aufgeschnappt.

Henni neigte majestätisch den Kopf zur Seite und ließ sich von Benevento zu einem Tisch führen, der nur wenige Meter von Ninas Position entfernt stand. Dort schenkte ihr Benevento ein Glas Champagner ein.

Henni setzte sich und schlug die Beine übereinander.

Sie trank in kleinen Schlucken, ganz die Dame von Welt, spreizte sogar geziert den kleinen Finger ab, und ihre grünen Augen funkelten schelmisch.

Nina schüttelte ratlos den Kopf.

Ich träume das nur, sagte sie sich. Ich liege längst im Bett und bilde mir ein, Henni, meine tapfere, praktische Henni hat sich in eine vornehme Gräfin verwandelt.

Ihr Unterbewusstsein brachte da zwar etwas durcheinander, denn eigentlich hätte die junge Küchenmagd als Aschenputtel auf dem Ball erscheinen und den Prinzen für sich gewinnen sollen, aber Träume waren bekanntlich nicht immer logisch.

Um wach zu werden, kniff sie sich in den Unterarm. Ziemlich fest.

»Aua!«, rief sie, schlug dann schnell die Hand vor den Mund.

Nicht schnell genug.

Sie war bereits entdeckt worden. Von Henni und Benevento. Und Henni war immer noch so elegant herausgeputzt.

Kein Traum also.

Nina wollte flüchten, aber dafür war es nun endgültig zu spät.

Benevento sprang auf und kam mit energischen Schritten auf sie zu. Henni folgte um einiges langsamer.

»Diese hohen Pumps bringen mich noch um«, jammerte sie, als sie bei Nina angekommen war. »Wenn man jahrelang nur in Männerstiefeln rumläuft, sind die Füße wahrscheinlich deformiert. So breit und flach wie die Latschen von fetten Enten.«

Nina unterdrückte ein Lachen und starrte sie fassungslos an. »Mehr hast du nicht zu sagen?«

Gleichzeitig spürte sie Beneventos Blick auf sich ruhen und schämte sich entsetzlich. Ihre Aufmachung war eine Schande, und wahrscheinlich amüsierte er sich köstlich über sie.

Dann jedoch siegte ihr Stolz. Sie hob das Kinn, warf ihm einen kühlen Blick zu und sagte: »Ich komme direkt von der Arbeit.«

»Bewundernswert«, erwiderte er gelassen. »Eine Frau, die zupacken kann.«

Damit wusste sie nichts anzufangen, also wandte sie sich wieder an Henni.

»Kannst du mir das mal erklären?«

»Was denn, mein Goldstück?«

»Wieso du plötzlich so vornehm aussiehst und dich als Adlige ausgibst. Und dann diese Ohrringe mit den dicken Klunkern. Hast du nicht alle Familienjuwelen verkauft? Oder sind die gar nicht echt? Und warum bist du plötzlich blond?«

Schließlich gingen ihr die Fragen aus, und sie verstummte erschöpft.

Henni neigte erneut den Kopf.

»Das erfordert eine ganze Menge Antworten. Ich schlage vor, wir suchen uns ein ruhiges Plätzchen und ich erkläre dir alles.«

Kurz schaute sie sich im Park um und steuerte dann auf leicht wackligen Beinen einen Tisch an, der von der Terrasse aus nicht zu sehen war.

»Maurizio, Amore!«, rief sie über die Schulter zurück.

»Wären Sie so gütig, uns ein wenig Champagner zu bringen? Und vielleicht ein bisschen was zu knabbern für unsere liebe Nina. Ich fürchte, sie hat den ganzen Tag mal wieder nichts zu sich genommen und kippt mir sonst nach dem ersten Schluck um.«

»Sehr gern, contessa«, erwiderte er. »Für eine so besondere Frau, wie Sie eine sind, tue ich alles.« Er entfernte sich rasch.

Eine besondere Frau war Henni wirklich – darin war Nina mit Benevento einer Meinung. Dennoch sagte sie:

»Contessa! Du solltest dich was schämen, dem armen Mann einen solchen Bären aufzubinden.«

Ihre Freundin sagte nichts dazu, sie wirkte auf einmal in sich gekehrt.

Nina und Henni hatten kaum Platz genommen, als auch schon ein Kellner auftauchte. Er stellte Schälchen mit grünen und schwarzen Oliven, würzigem Schafskäse, Crackern und Nüssen auf dem Tischchen ab und brachte kurz darauf einen Sektkübel mit einer vollen Flasche Champagner. Mit flinken Fingern entkorkte er sie und goss den beiden Damen ein. Nur ein winziges Zucken in den Mundwinkeln verriet, dass er Nina erkannt hatte.

»Morgen werde ich mir in der Küche einiges anhören müssen«, bemerkte sie, als der Kellner wieder gegangen war.

Henni tat die Sorge mit einem Schulterzucken ab.

»Nur zwei Gläser«, sagte sie. »Interessant. Maurizio wird sich uns also nicht anschließen. Der Mann besitzt ein bemerkenswertes Einfühlungsvermögen. Prost, mein Goldstück.«

Nina aß lieber zuerst ein paar Cracker und ein großes Stück Käse. Dann hob sie ihr Glas ebenfalls.

Als sie beide getrunken hatten, forderte sie ihre Freundin auf: »So, und nun erzählst du mir, was hier los ist.«

Da sagte Henni etwas vollkommen Unverständliches: »Mein voller Name ist Henriette Marie Eugenie Gräfin von Spiegel, geborene Freifrau von Peckelsheim und Scharfenstein.«

»Was um Himmels willen …?« Nina rieb sich die Schläfen. »Bitte erklär mir diesen komischen Namen.«

»Tut mir leid. Ich wollte dich einfach nie damit belasten, aber ich heiße wirklich so. Mein Vater war Wilhelm Heinrich Eduard Baron von Peckelsheim und Scharfenstein, mein verstorbener Mann hieß Friedrich Theodor Maximilian Graf von Spiegel.«

»Uff!«

Henni lachte. »Ich weiß, klingt kompliziert. Ich musste mir die vielen Namen heute auch erst einige Male vorsagen, bevor sie mir wieder flüssig über die Lippen kamen. Wie dem auch sei: In unserer heutigen Zeit ist so ein Adelstitel im besten Fall sinnlos, im schlimmsten Fall sogar von Nachteil.«

»Das verstehe ich nicht.«

»Nun, wenn man um sein Überleben kämpft und angibt, eine Gräfin zu sein, zeigen die Leute einem einen Vogel und behaupten, man hätte es nicht nötig.«

Nina dachte an Hennis Schmuck. So ganz unrecht hätten die Leute wohl nicht gehabt.

Henni, die offenbar ihre Gedanken erraten hatte, sagte schnell: »Sicher, ich hatte die Juwelen, aber hätte ich sie gleich am Anfang veräußert, wäre ich schnell vollkommen arm gewesen. Im Hungerwinter hätte ich für eine schöne Goldkette vielleicht ein Brot und einen Sack Kartoffeln bekommen.«

Beschämt senkte Nina den Kopf. »Das waren schlimme Zeiten.«

Sie selbst hatte jenen ersten Winter nach dem Krieg nur überlebt, weil die britischen Besatzungsmächte den Bewohnern der Nissenhütten täglich eine warme Suppe zuteilen ließen.

»Schnee von gestern. Aber jetzt weißt du, warum ich meine Herkunft für mich behalten habe.«

»Mir hättest du es doch sagen können.«

Henni griff über den Tisch nach Ninas Hand. »Es war irgendwann nicht mehr wichtig, mein Goldstück. Und ich fürchtete, dieser blöde Titel würde eine Kluft zwischen uns treiben.«

»Gut möglich«, gab Nina zurück und musste plötzlich grinsen. »Meine Großeltern waren eingefleischte Sozialdemokraten, und mein Mann hat bei *Blohm & Voss* malocht.«

»Siehst du!« Henni zog ihre Hand zurück, griff nach ihrem Champagnerglas und nahm einen großen Schluck von der prickelnden Flüssigkeit.

»Aber warum bist du ausgerechnet hier in Italien damit herausgerückt?«, fragte Nina und griff nach dem Schälchen mit Oliven. »Du hast es so viele Jahre geheim gehalten.«

Henni deutete zur Terrasse. »Diese Italiener sind entweder vom alten Adel oder vom neuen Geldadel. Irgendwie musste ich da mithalten. Deshalb habe ich es Maurizio erzählt – damit er mich zu dem Fest heute Abend einlädt. Ach ja, und die Ohrringe sind übrigens echt. Ich habe nicht alle meine Familienjuwelen verkauft.«

»Sie sind wunderschön.«

»Nicht wahr? Sie gehörten meiner Großmutter. Von ihnen kann ich mich niemals trennen. Sonst wären wir vielleicht wirklich mit einem VW Käfer hergefahren, statt mit unserer Elly.«

Unwillkürlich dachte Nina an die gusseiserne Pfanne, die sie von ihrer eigenen Großmutter geerbt hatte. Zwischen uns liegen Welten, überlegte sie bedrückt. Ich habe das bloß viele Jahre nicht bemerkt.

»Hör sofort auf, so missmutig zu gucken!«, befahl Henni. »Oder glaubst du, ich will plötzlich was Besseres sein als du?«

»Ich …«

»Papperlapapp. Das ist alles nur Fassade. Ich sondiere das Terrain.«

»Was soll das heißen?«

»Ich informiere mich und lerne Leute kennen. Ich will herausfinden, was für ein Leben ich auf Dauer in Rimini führen kann.«

Nina schluckte. »Du bist also schon fest entschlossen hierzubleiben?«

»Allerdings. Das Wetter tut meinen alten Knochen gut, und die italienischen Kavaliere geben mir das Gefühl, wieder eine schöne und begehrenswerte Frau zu sein.«

Nina wollte lieber nicht so genau wissen, wie ihre Freundin die Sache mit den italienischen Kavalieren meinte. Deshalb sagte sie das Erste, was ihr einfiel: »Und wo hast du dieses traumhaft schöne Abendkleid her?«

»Ich habe es in einer entzückenden Boutique im Stadtzentrum von Rimini gefunden. Und die Friseurin war gleich um die Ecke. Habe ich damit all deine Fragen beantwortet?«

»Ja«, murmelte Nina. »Aber ich kann es immer noch nicht so recht glauben.«

»Kein Wunder. Du bist ja völlig erschöpft. Komm, trink aus und iss noch was. Dann bringe ich dich zur Pension. Für heute habe ich genug getanzt.«

Als sie aufstand, war sie ein ganzes Stück kleiner als vorher, und Nina entdeckte die hochhackigen Pumps in ihrer Hand.

»Wie gesagt«, erklärte Henni grinsend, »meine Füße müssen sich noch umgewöhnen.«

Sie schlenderten Arm in Arm zurück in die Pension, kicherten über Luigi Antonelli, dem fast die Augen aus dem Kopf fielen, als er Henni sah, und stolperten die Treppe hinauf.

Nina legte sich aufs Bett und war innerhalb von ein paar Sekunden fest eingeschlafen.

Sie träumte, sie würde in ihrer ollen Kittelschürze auf der Terrasse des Grand Hotels tanzen, mal in den Armen von Piero Antonelli, dann wieder fest an Maurizio Benevento gedrückt.

10. Kapitel

Am nächsten Morgen war die Welt wieder in Ordnung. Nina wurde von Henni geweckt, und als sie die Augen öffnete, war die glamouröse Gräfin verschwunden, und vor ihrem Bett stand wieder die gute alte Henni. Einzig die blonden Haare waren geblieben.

»Hoch mit dir!«, rief sie fröhlich. »Das Meer wartet!«

»Das Meer?«

Nina war noch nicht ganz wach. Sie fühlte sich erschöpfter als sonst und fragte sich, wie sie dieses mörderische Arbeitstempo noch eine Woche lang durchhalten sollte. Frühestens Ende des Monats, so hatte ihr Stefano Galli erklärt, würde sie Anspruch auf ihren ersten freien Tag haben.

Sie gähnte, stellte fest, dass sie immer noch die Kittelschürze trug, fühlte sich zerschlagen und schmutzig.

»Richtig gehört. Raus aus den Federn!« Henni wedelte mit etwas Rotem vor ihrer Nase herum.

»Was ist das?«

»Ein Badeanzug. Habe ich gestern für dich in der Boutique gekauft. Meiner ist schwarz. Siehst du? Ich habe ihn schon an.«

Sie hob kurz das weite Kleid, das sie trug.

»Aha«, murmelte Nina verwirrt. »Ich habe keine Zeit, um an den Strand zu gehen. Das weißt du genau.«

Für einen Moment wünschte sie, es wäre anders. Sie sehnte sich danach, einmal ins blaue Meer zu steigen. Ihr Lebtag lang war sie nur einmal an der Ostsee gewesen – noch vor dem Krieg, und das Wasser war so kalt gewesen, dass sie schnell wieder rausgelaufen war.

Die Adria stellte sie sich anders vor. Warm und lieblich.

»Du hast noch genau zwei Stunden Zeit, bis du zu deiner Schicht antreten musst. Also, beeil dich.«

»Wieso zwei Stunden?«

Nina schaute auf ihren Wecker und begriff, warum sie noch müder war als sonst. Henni hatte sie einfach eine Stunde früher geweckt.

»Ich brauche meinen Schlaf«, protestierte sie.

»Du brauchst vor allem ein Bad im Meer. Du wirst sehen. Das ist mehr wert als zehn Stunden süßer Träume.«

»Du spinnst.«

Aber Henni ließ nicht locker, und Nina war jetzt sowieso hellwach. Also ergab sie sich ihrem Schicksal. Sie stand auf und schlüpfte in den Badeanzug, wobei sie heilfroh war, dass Henni ihr nicht einen dieser neumodischen Bikinis besorgt hatte. Sie hätte sich geniert, ihren weißen Bauch in der Öffentlichkeit zu zeigen.

Henni musterte sie prüfend. »Ich hätte schwören können, dass er ein bisschen knapp sitzen würde. Stattdessen wirft er Falten. Du hast abgenommen, Nina. Das ist gar nicht gut.«

»Ach was, höchstens ein bisschen.«

»Ein bisschen ist für dich schon zu viel. Bald bist du so ein Klappergestell wie ich.«

»Klar, und dann laufen die Leute vor uns weg, weil unsere Knochen so laut klackern.«

Henni lachte, aber in ihren Augen entdeckte Nina trotzdem die Sorge um sie.

»Ich werde von jetzt an auf Essenspausen bestehen. Versprochen.«

»Nun gut. Jetzt aber los. Eine Badekappe brauchst du übrigens nicht. Die sind aus der Mode gekommen. Außerdem tut das Meerwasser den Haaren gut. Musst nur anschließend gründlich duschen und ein paar Tropfen Olivenöl darauf verteilen.«

Nicht einmal einen Kaffee durfte Nina vorher trinken, und auch die köstlichen Hörnchen, die im kleinen Frühstücksraum herrlich dufteten, waren vor dem Ausflug verboten.

Etwas missmutig trottete sie hinter Henni her, aber die schien nichts davon zu merken.

»Wir gehen zu Domenico«, erklärte sie. »Das ist mein bagnino.«

»Dein was?«

»Mein Bademeister. Hier gibt es alle hundert Meter ein bagno, also ein Bad. Mit Sonnenschirmen, Liegen, Duschen und allem, was man so braucht. Um diese Zeit ist es noch schön ruhig, du wirst sehen.«

Als sie den Strand erreichten, rief Henni laut: »Buongiorno! Amore!«

Ein tief gebräunter Mann winkte und kam auf sie zu. Er mochte Mitte dreißig sein, aber die Jahre unter der gleißenden Sonne hatten seine Haut frühzeitig altern lassen und tiefe Furchen in sein Gesicht gezogen. Er begrüßte Henni wie eine alte Freundin und stieß einen leisen Pfiff aus, als Nina ihren Rock fallen ließ und die Bluse auszog.

Henni drohte ihm spielerisch mit dem Zeigefinger.

»Er ist ein unverbesserlicher papagallo«, erklärte sie Nina, als Domenico sich lachend entfernt hatte.

»Was ist das nun schon wieder?«

»Wörtlich übersetzt ein Papagei, aber umgangssprachlich ist das ein Mann, der jeder Frau nachläuft und dabei immer dieselben Lockrufe ausstößt.«

»Ein Casanova.«

»Genau. Die Tradition wird hier hochgehalten. Domenico hat mir erzählt, für die Männer der Küste ist es wie im Paradies, seit so viele Touristinnen aus Nordeuropa ihren Urlaub hier verbringen.«

Nina schüttelte sich innerlich. Sie hoffte, sie würde selbst nicht auf einen solchen *papagallo* reinfallen.

Hand in Hand liefen die beiden so unterschiedlichen Frauen den Strand entlang und wollten sich schon in die Fluten stürzen.

Doch das war gar nicht so einfach.

»Verflixt!«, rief Henni aus. »Gestern war das Meer noch da.«

Nina lachte. Die Morgenluft hatte sie endgültig geweckt. »Wahrscheinlich ist bloß Ebbe. Komm, wir müssen ein Stück rausgehen.«

So wateten sie durch den Uferschlamm und dann durch das erst langsam steigende Wasser, bis sie endlich weit genug draußen waren, um schwimmen zu können.

Nina genoss jede Sekunde. Das Meer war genau so, wie sie es sich vorgestellt hatte. Warmes Wasser umhüllte sie, kleine Fische flitzten unter ihr vorbei, und über ihr wölbte sich ein wolkenloser Himmel.

Sie hätte ewig so weiterschwimmen können! Sogar ihr Rücken entspannte sich zum ersten Mal seit Tagen.

Aber Henni mahnte schließlich zur Umkehr, und als sie in die Pension zurückkamen, blieb Nina gerade noch Zeit für eine schnelle Dusche und das Frühstück.

Tatsächlich fühlte sie sich ausgeruhter, als wenn sie eine Stunde länger geschlafen hatte, und als sie die kurze Strecke zum Personaleingang des Hotels zurücklegte, pfiff sie fröhlich vor sich hin.

Die gute Laune verging ihr schlagartig, als sie die Küche betrat. Natürlich hatten sich die Ereignisse vom Vorabend bereits herumgesprochen.

Ein Kellner stand an der Durchreiche und redete eindringlich auf zwei Köche ein. Nina blieb oben an der Treppe stehen. Ihr war sofort klar, worüber da getuschelt wurde. Schon gaben die beiden Köche die Information an ihre Kollegen weiter. Sämtliche Augenpaare richteten sich auf Nina, die nun mit heißen Wangen die Küche betrat.

Stefano Galli kam aus dem Kühlraum. Er trug zwei große Eimer voller Gamberi, wie die Krabben hier hießen. Sie waren um einiges größer als ihre Artverwandten aus der Nordsee, wurden aber ebenfalls nur kurz in siedendem Wasser gegart.

Galli winkte Nina heran. »Die habe ich heute früh persönlich direkt vom Kutter gekauft«, erklärte er. »An die Arbeit. Kurz kochen, abkühlen lassen und puhlen.«

Von der Aufregung schien er nichts mitbekommen zu haben.

Galli zog sie vom reinen Gemüseschnippeln ab und übertrug ihr mehr Verantwortung. Unter anderen Umständen hätte sie sich darüber gefreut.

Jemand sagte etwas, und alle lachten. Galli, der offenbar noch etwas hatte hinzufügen wollen, klappte den Mund wieder zu und schaute sich verwirrt um.

»Was soll das bedeuten?«, fragte er Nina.

»Verzeihung. Ich habe es nicht verstanden.«

»Wieso sollen Sie die Gamberi auf dem Fest heute Abend selbst essen?«

»Ich …« Sie war versucht, von einem Missverständnis zu reden, doch dann entschied sie sich für die Wahrheit. Mehr als feuern konnte Galli sie nicht.

Also erzählte sie ihm in knappen Worten, was am Vorabend geschehen war, und beobachtete dabei, wie sich auf der Stirn des Küchenchefs mehr und mehr Falten bildeten.

Das war's, dachte sie. Gleich werde ich rausgeworfen.

Doch zu ihrer Überraschung merkte sie, dass Gallis Zorn sich nicht gegen sie, sondern gegen ihre Kollegen richtete.

»Diese Meute ist schlimmer als die Waschweiber in meinem Heimatdorf«, stieß er zwischen zusammengebissenen Zähnen hervor. Dann wandte er sich an seine Mannschaft und ließ eine zornige Rede auf sie hinabregnen. Nina verstand kein Wort, aber sie sah, dass selbst die frechsten Jungköche betreten den Kopf senkten.

Als Galli geendet hatte, sagte niemand mehr etwas. Jeder widmete sich fleißig seinen Aufgaben.

Galli nickte Nina zu. »Ich habe alle daran erinnert, dass sie selbst mal klein angefangen haben, und ich habe ihnen gesagt, dass sie sich wie Faschisten benehmen, wenn sie eine aus ihren Reihen ausgrenzen.«

Nina schluckte. Es war eher unwahrscheinlich, dass ihr das mehr Sympathiepunkte einbrachte. Aber sie erwiderte nichts, wuchtete den ersten Eimer hoch und schleppte ihn zu einem der Gasherde. Dort brachte sie in einem großen Topf das Wasser zum Kochen, holte in der Zwischenzeit den zweiten Eimer und schöpfte mit einer siebartigen Kelle dann jeweils nur so viele Gamberi ins Wasser, wie sie auch gleichzeitig wieder herausholen konnte.

Aus der Ferne bemerkte sie Gallis anerkennenden Blick. Offenbar hatte er befürchtet, sie könnte die kleinen Meeresbewohner alle gleichzeitig in den Topf kippen und dann einen Teil noch roh, einen Teil zu hart gekocht herausnehmen.

In zwei großen flachen Schüsseln kühlten die Krabben ab, und Nina stellte zwei weitere bereit. Eine für die gepuhlten Gamberi, eine für die Schalen.

Sie brauchte ein paar Versuche, bis sie wusste, dass sie bei dieser Art etwas kräftiger zupacken musste als bei den Nordseekrabben. Aber als sie den Dreh einmal raushatte, fand sie zu einem schnellen Rhythmus, und bald war die erste Schüssel fast leer.

Mit einem Anflug von Stolz schaute sie auf, begegnete aber nur feindseligen Blicken. Galli war nirgends zu sehen, aber die Kollegen starrten Nina an, als warteten sie darauf, dass sie einen Fehler machte.

Ahnungslos räumte sie die leere Schüssel zur Seite und zog die noch volle heran.

Gerade hatte sie sich die erste Krabbe daraus gegriffen, als sich eine Frauenhand auf ihren Arm legte.

»No!«

Nina verstand nicht. Die Frau, sie hieß Anna, war jene, die bei Ninas erstem Besuch in der Küche so gekonnt die Cappelletti gefaltet hatte. Sie mochte um die fünfzig sein. Anders als die anderen begegnete sie Nina nicht mit Feindseligkeit und beteiligte sich nicht an den Lästereien.

Nina begriff, dass Anna ihr helfen wollte, aber ihr war nicht klar, was sie falsch machte.

Ein paar Leute sagten etwas zu Anna, aber die schüttelte stur den Kopf und hielt weiterhin Ninas Arm fest.

»No«, sagte sie wieder.

Niemand außer Galli sprach Deutsch, und erst als er zurückkehrte und bemerkte, was vor sich ging, konnte er eingreifen.

»Grazie, Anna«, sagte er freundlich. Dann wandte er sich an Nina. »Nur die Hälfte der Gamberi wird gepuhlt und zu einem Cocktail verarbeitet«, erklärte er. »Der Rest wird samt Schale mit dem süßen Salz von Cervia eingerieben.«

Nina hörte nur mit halbem Ohr zu. Ihr Geruchssinn schlug Alarm, und sie blickte nervös die lange Reihe der Öfen entlang. Irgendetwas stimmte nicht.

»Süßes Salz?«, fragte sie geistesabwesend. Der feine Geruch, den nur sie wahrnahm, wurde stärker.

»Cervia ist ein Küstenort nördlich von hier. Dort wird ein ganz besonderes Salz gewonnen. Es ist leicht rosafarben, und Kenner nennen es süß, weil es außergewöhnliche Nuancen im Geschmack besitzt.«

»Aha.« Es war einer der hinteren Öfen, ganz sicher. Sie machte ein paar Schritte in diese Richtung. Der Küchenchef folgte ihr, ohne etwas zu bemerken.

»Nun, diese Gamberi werden also mit dem Salz bei niedriger Temperatur für zehn Minuten in den Ofen geschoben.«

»Ofen!«, rief Nina aus, wirbelte herum, schnappte sich zwei dicke Topflappen und öffnete am hintersten Ofen die Klappe.

»Nein!«, befahl Galli. »Die Käsesoufflés dürfen noch keine Luft abbekommen. Dann fallen sie zusammen.«

»Sie werden jeden Moment verbrennen«, entgegnete Nina und holte eine Backform nach der anderen heraus.

Galli wurde blass.

»Welcher Idiot hat die Uhr falsch eingestellt?«, brüllte er, merkte, dass er deutsch sprach, und wiederholte die Frage auf Italienisch.

Der Souschef trat vor, augenscheinlich verwirrt, denn er hatte seinen Fehler nicht bemerkt.

Nina blickte von ihm zu Galli. »Die Soufflés sind nicht verbrannt«, sagte sie. »Sehen Sie? Sie sind perfekt und fallen auch nicht in sich zusammen.«

»Das … verstehe ich nicht«, murmelte Galli.

»Ich … nun, ich verfüge über einen besonders feinen Geruchssinn«, erklärte Nina und senkte bescheiden die Lider. »Das haben Sie ja schon bemerkt. Ich kann es riechen, wenn eine Speise kurz davor ist zu verbrennen.«

»Verblüffend«, sagte Galli. »Wirklich verblüffend.«

Er wandte sich an die Küchenmannschaft und verriet offenbar, was sie ihm eben erzählt hatte. Wieder trafen sie einige Blicke, aber sie schienen nicht mehr so feindselig zu sein. Der Souschef und die Frauen schauten Nina geradezu freundlich an, und der eine oder andere Jungkoch mochte sich sogar überlegen, wie er wohl ihre besondere Gabe für sich selbst nutzen konnte.

11. Kapitel

Der Rest des Arbeitstages verlief friedlich. Erst ein paar Stunden später bemerkte Nina, dass sie weniger hin und her gescheucht wurde, und gegen Mittag drängte ihr Anna einen großen Teller Risotto mit Meeresfrüchten auf, das sie sogar in Ruhe essen durfte. Am Abend war sie zwar rechtschaffen müde, fühlte sich aber nicht so zerschlagen wie am Vortag. Nina durfte sogar schon kurz nach neun Uhr gehen, und auf dem kurzen Weg zur Pension überlegte sie, was sie noch unternehmen könnte.

Vielleicht die Altstadt von Rimini besichtigen? Sie hatte in ihrem Reiseführer gelesen, dass es sich lohnte. Da gab es die zweitausend Jahre alte Tiberiusbrücke über den Fluss Marecchia. Auf der einen Seite der Brücke lag das Fischerviertel San Giuliano, auf der anderen Seite das antike Zentrum. Die Prachtstraße, der Corso d'Augusto, zog sich mitten hindurch.

Besonders beeindruckend sollte die Piazza Cavour sein, überragt von dem mit Säulen gestützten und mit Zinnen gekrönten Palazzo dell'Arengo. Von dort aus ging es weiter zur Piazza Tre Martiri, bis man am anderen Ende der Altstadt auf den Augustusbogen traf.

Vielleicht hatte Henni ja Lust mitzukommen?

Nina sah sich nach der Freundin um, konnte sie jedoch weder im kleinen Foyer noch im Frühstücksraum oder auf der schmalen Terrasse, die auf die Straße ging, entdecken. Dort saßen nur zwei Ehepaare aus München bei einer Partie Doppelkopf beisammen. Hin und wieder schaute einer der Spieler auf und wunderte sich wohl, weil er keinen Strand und kein Meer, sondern nur eine Straße sah, auf der zuweilen ein Topolino, ein dreirädriger Ape – eine Art Minilastwagen – oder ein Fahrrad vorbeifuhren.

Nun, dafür war die Übernachtung hier ausgesprochen billig, und das Meer würde man ja gleich morgen wiedersehen.

Auch im Zimmer war keine Spur von Henni.

Obwohl – so ganz stimmte das nicht. Auf dem Bett lagen ein leerer Kleiderbügel und ein Paar offenbar verschmähte Satinhandschuhe. Die neuen Pumps waren aus dem Schuhkarton verschwunden, und Nina fragte sich unwillkürlich, wie Henni wohl einen weiteren Abend darin überstehen wollte.

Schließlich entdeckte Nina noch einen Zettel mit einer kurzen Nachricht darauf: »Bin zum Essen eingeladen. Warte nicht auf mich.«

Nina lächelte. Henni wusste das schöne Leben wirklich zu genießen.

Ob Maurizio Benevento wohl ihr Kavalier war?

Fast gegen ihren Willen empfand Nina bei dem Gedanken einen leisen Stich der Eifersucht.

Benevento. Sie wurde nach wie vor nicht schlau aus

dem Mann, aber gestern Abend hatte er umwerfend ausgesehen, und heimlich hatte sie sich gewünscht, ebenso wie Henni eine elegante Robe zu tragen, damit er sie mit Bewunderung ansah.

»Sei nicht albern!«, sagte Nina laut zu sich selbst. »Der Mann ist nicht gut für dich.«

Sie fand, ihre eigene Stimme klang ein bisschen wie die ihrer Großmutter, und musste im nächsten Moment lachen.

Sie beschloss, das Beste aus der Situation zu machen, lief schnell hinüber ins Bad und ging unter die Dusche. Erfreulicherweise kam genügend warmes Wasser, so dass sie sich auch gründlich die Haare waschen konnte. Der altersschwache Boiler wurde um diese Uhrzeit kaum von den Gästen beansprucht, und so genoss sie den ungewohnten Luxus.

Wieder in ihrem Zimmer zog Nina eine helle Bluse und eine weit geschnittene leichte Hose an. Auch diese beiden Teile hatte sie noch bei Karstadt in Hamburg gekauft, und sie waren zum Glück so zeitlos geschnitten, dass sie auch vor den Blicken modebewusster Italienerinnen bestehen konnten.

Ihr noch feuchtes blondes Haar ließ sie locker auf die Schultern fallen, schlüpfte dann in ihre Sandalen und lief nach unten. Ich kann die Altstadt auch allein erkunden, nahm sie sich vor. Ich bin eine selbstständige und berufstätige Frau, da werde ich ja wohl spazieren gehen dürfen.

Außerdem hatte sie Hunger und beschloss daher, in einer typischen Trattoria einzukehren. Hennis Warnung vor den *papagalli* kam ihr kurz in den Sinn, aber sie war sicher, dass sie in der Lage sein würde, eventuelle Annäherungsversuche abzuwehren.

Sie ging die Treppe hinunter und trat kurz entschlossen auf Piero Antonelli zu.

Er stand hinter dem Tresen und telefonierte. Den Hörer hatte er zwischen Kinn und Schulter eingeklemmt, während er mit den Händen schnell durch das Register blätterte. Schließlich sagte er in seinem guten Deutsch: »Vom ersten bis dreizehnten August haben wir noch ein Doppelzimmer frei. Danach sind wir bedauerlicherweise ausgebucht. Der fünfzehnte August ist in Italien ein Feiertag. *Ferragosto*. Mariä Himmelfahrt. Wer es sich irgendwie leisten kann, verbringt wenigstens um dieses Datum herum ein paar Tage am Meer.« Er lauschte kurz und bestätigte dann die Buchung.

Nachdem er aufgelegt hatte, trug er den Termin in das Register ein, erst dann sah er auf.

Nina hatte geduldig gewartet und sich dabei überlegt, was sie wohl essen könnte. Diese berühmten Cappelletti? Oder war es dafür zu warm? Vielleicht Lasagne? Auch die war in der Gegend berühmt, doch wohl auch eher ein Essen für die kalte Jahreszeit.

Als Piero nun seine randlose Brille abnahm, traf sie der Blick aus seinen bernsteinfarbenen Augen völlig unvorbereitet, und nun schien es ihr, als würde sie in diesem Blick versinken wie in Treibsand.

Seit ihrer Ankunft hatte sie ihn kaum gesehen. Ihr Herz raste.

»Guten Abend«, sagte er freundlich.

»Gu...« Nina musste sich räuspern. »Guten Abend. Darf ich Sie um einen Rat bitten?«

»Natürlich. Was immer Sie wünschen.«

»Ich ... würde gern eine Kleinigkeit essen gehen. Können Sie mir ein Lokal empfehlen?«

»Essen gehen? Arbeiten Sie nicht in der Küche?«

»Schon, aber ich konnte heute früher Feierabend machen, und für die Angestellten gibt es erst um zehn Uhr eine Mahlzeit.«

»Verstehe.« Er rieb sich mit zwei Fingern die Nasenwurzel und schaute sie unverwandt an.

Setz deine Brille wieder auf!, dachte sie. Als hätte er ihre Gedanken gelesen, setzte er die Brille tatsächlich wieder auf, und sofort verlor sein Blick ein wenig von seiner Eindringlichkeit.

»Ich hätte eine bessere Idee«, sagte er und klang vorsichtig.

»Ja?«

»Wir gehen gemeinsam eine Piadina essen.«

»Eine was?«

Er lächelte. »Lassen Sie sich überraschen.«

Als er ihr die Tür aufhielt, war sein Gesichtsausdruck wieder ernst und nachdenklich. Nina wurde aus diesem Mann nicht schlau. Einerseits schien er sie zu mögen, andererseits kämpfte er offenbar mit sich.

Immerhin – jetzt bot er ihr seinen Arm und ging mit ihr in Richtung Altstadt. Doch sie kamen nicht bis zur Tiberiusbrücke, was Nina insgeheim bedauerte, sondern bogen kurz vorher in eine kleine Straße ab.

Währenddessen klärte Piero sie über die Piadina auf.

»Das ist ein typisches Essen der Romagna. Ein runder Teigfladen, der aus Wasser, Mehl, Schweineschmalz, etwas Hefe und Salz hergestellt wird. Er darf bei keinem Essen fehlen.«

»Wie das Brot?«, fragte Nina. Die Angewohnheit der Italiener, zum zweiten Gang auch Brot zu verzehren, fand sie gewöhnungsbedürftig.

»Genau. Die Piadina wird zusammen mit dem Gemüse zu jedem Fleisch- oder Fischgang gereicht. Aber sie gilt seit jeher auch als Arme-Leute-Essen. Selbst wer nur wenig besitzt, bekommt doch irgendwie die Zutaten für eine Piadina zusammen, rollt sie aus und backt sie auf einer heißen Steinplatte oder in einer flachen Pfanne auf dem Herd. In manchen Haushalten wird sie mit Gemüse oder Käse belegt und zu einem Halbmond umgeklappt, in anderen isst man sie wie Brot zu Kaninchenragout oder Schweinerippchen, und wer sonst nichts hat, begnügt sich mit einer Piadina ohne alles.«

»Ich verstehe.«

Nina dachte an ihre Großmutter. In Notzeiten, wenn es nichts mehr außer Kartoffeln gab, hatte Martha mit dem letzten Rest Fett Kartoffelpuffer gebacken. Das war ihr Arme-Leute-Essen gewesen. Sie öffnete den Mund, um Piero davon zu erzählen, aber da hatten sie ihr Ziel erreicht: Eine Bretterbude mit zwei Tischen und Holzbänken davor.

Sie gab sich alle Mühe, ihre Enttäuschung zu verbergen.

Wohin hätte mich wohl Benevento ausgeführt?, fragte sie sich. Vielleicht nicht unbedingt ins Restaurant des Grand Hotels, aber bestimmt in ein luxuriöses Lokal.

Sie schämte sich ein bisschen und fragte sich, seit wann sie so hochnäsig geworden war.

Dann bemerkte sie die lange Schlange der Wartenden und begriff, dass das Essen hier in all seiner Einfachheit hervorragend sein musste. Auch die beiden Tische waren besetzt, und Nina richtete sich schon darauf ein, im Stehen zu essen. Doch da wurde Piero von einer der beiden Frauen in der Bude entdeckt. Sie winkte ihm zu und zeigte hinter sich. Schon führte er Nina um die Bude herum, wo ein weiterer Tisch stand.

»Für besondere Gäste«, sagte er und grinste.

»Oh. Wunderbar.«

Er lachte vergnügt. »Sie sehen nicht sonderlich beeindruckt aus.«

Nina spürte, wie sich ihre Wangen röteten. »Das ist alles neu für mich.«

»Ich ziehe Sie nur auf. Bitte schön.« Er zog die Holzbank ein Stück ab, so dass sie Platz nehmen konnte. Dann ließ er sie kurz allein und kehrte mit einer Karaffe Rotwein und zwei einfachen Wassergläsern zurück.

Sie prosteten einander zu, und Nina kostete von dem überraschend wohlschmeckenden und fruchtigen Landwein.

»Sangiovese di Romagna«, erklärte Piero. »Einen besseren gibt es nicht.«

»Müssten wir nicht etwas bestellen?« Sie fürchtete, der Wein könnte ihr schnell zu Kopf steigen, und dann würde sie vielleicht etwas Unvernünftiges tun. Piero an sich ziehen und küssen, zum Beispiel.

»Keine Sorge, Franca kommt gleich.«

»Franca?«

»Ja, die Frau, die mir eben zugewinkt hat. Sie ist meine Tante.«

Nina nippte wieder von ihrem Wein, dann stellte sie ihr Glas vorerst ab.

Lange mussten sie nicht warten. Schon kam die Frau heran und brachte auf einem großen Teller mehrere Teigfladen.

»Zuerst den mit dem Gemüse«, ordnete Piero an. »Das ist eine Mischung aus Mangold und Spinat, in Olivenöl geschwenkt und mit Salz, Pfeffer und Knoblauch gewürzt.«

Nina biss in die Piadina und rollte verzückt mit den Augen.

»Köstlich!«

Kein Gericht der Haute Cuisine kam mit diesem kräftigen Geschmack mit.

Piero nickte zufrieden.

Eigentlich war sie nach der ersten Piadina bereits satt, aber sie musste unbedingt noch eine mit einem ihr unbekannten Frischkäse und seltsamen Salatblättern probieren.

»Göttlich!«

»Die Blätter sind Rucola, und der Käse heißt Squacquerone.«

»Wie bitte?«

»Manchmal sagen wir auch Crescenza dazu.«

Klang etwas einfacher, fand Nina und widmete sich wieder ihrem Fladenbrot. Ein bisschen von dem weißen Käse tropfte auf das Papiertischtuch, aber keiner von beiden störte sich daran.

Großmutter hätte es hier gefallen, dachte Nina und fragte sich gleichzeitig, warum ihr schon wieder Martha in den Sinn kam. Vielleicht, weil Pieros Familie genauso bodenständig war wie ihre eigene. Vielleicht, weil die einfachen Leute sich überall auf der Welt ähnelten. Eines schien ihr sicher: Weder ihre Großmutter noch Pieros Tante hätten je einen Krieg angefangen. Vielleicht hätten sie darum gestritten, was besser schmeckte: Piadina mit dem unaussprechbaren Käse oder Kartoffelpuffer mit Apfelmus. Aber gegeneinander gekämpft hätten sie nicht. Kluge Frauen taten so etwas nicht.

»Woran denken Sie?«, wollte Piero wissen.

Sie sagte es ihm, und als sie geendet hatte, nickte er bedächtig.

»Das sehe ich genauso. Meine Mutter war auch ein friedliebender Mensch.«

»Lebt sie nicht mehr?«

Piero wischte sich die Hände an einer Papierserviette ab und trank noch einen Schluck Wein, bevor er antwortete.

»Wir haben im Krieg schwere Zeiten erlebt.«

Wer nicht, wollte Nina antworten, ließ es jedoch bleiben. Dies hier war seine Geschichte, nicht ihre.

»Mein Vater und mein Großvater waren Kommunisten. Das hat in der Romagna eine lange Tradition. Mit den Schwarzhemden konnten sie sich nie anfreunden. ›Dieser Mussolini‹, pflegte mein Großvater zu sagen, ›ist bloß ein Emporkömmling aus einem Dorf im Hinterland. Der wird es nicht weit bringen.‹ Leider hat er damit nicht recht behalten.«

»Mussolini stammte aus dieser Gegend?«, fragte Nina überrascht.

»Ja, aus Predappio. Das ist ein Ort in der Nähe von Forlì, nicht weit von hier.«

»Aha.«

»Er war übrigens häufiger Gast im Grand Hotel. Seine Geliebte, Clara Petacci, logierte dort, und wann immer er Zeit fand, eilte er zu ihr.«

Das Grand Hotel hat seit seiner Erbauung im Jahr 1909 bestimmt eine ganze Menge Skandale gesehen, dachte Nina. Wenn Wände sprechen könnten …

»Mein Großvater war damals schon zu alt«, fuhr Piero fort. »Aber mein Vater ging zu den Partisanen, als Mussolini für Hitler in den Krieg eintrat.«

Nina staunte. Der sanftmütige Luigi Antonelli ein harter Kämpfer hinter feindlichen Linien? Kaum vorstellbar.

»Natürlich wollte ich an Papàs Seite meinen Beitrag leisten. Ich war damals, 1940, vierzehn Jahre alt und fest entschlossen, für die richtige Seite zu sterben. Aber Papà ließ es nicht zu.«

Gott sei Dank, schoss es Nina durch den Kopf.

»Hier in Rimini wurde die Lage für uns schließlich zu brenzlig. Also sind wir in eine Hütte in den Bergen gezogen. Dort haben Mamma, meine Tante Franca und ich uns versteckt, bis die Alliierten eintrafen. Fast drei Jahre lang haben wir dort gelebt.«

»Das muss schwer gewesen sein«, sagte Nina.

Er winkte ab. »Für einen Jungen wie mich war das alles ein großes Abenteuer. Aber meine Mutter Graziella war im Gegensatz zu Franca von zarter Gesundheit. Im letzten

Winter vor der Befreiung holte sie sich eine Lungenentzündung. Sie hat es nicht geschafft.«

»Das tut mir leid.«

»Danke. Die Pension war übrigens ein gemeinsamer Traum meiner Eltern. Nach dem Krieg hat Papà lange gezögert. Er konnte sich nicht vorstellen, Menschen zu beherbergen, die einst seine Feinde gewesen sind, die indirekt am Tod seiner Frau schuld waren.«

»Verstehe«, sagte Nina vorsichtig. Auch sie selbst gehörte diesem Volk an, und sie hatte oft das Gefühl, die Italiener könnten sich nicht entscheiden, wie sie mit den Deutschen umgehen sollten.

Piero hob kurz die Schultern. »Letzten Endes geht es ums Geschäft, um ein besseres Leben. Und die normalen Menschen, da haben Sie ganz recht, hätten nie einen Krieg angezettelt. Außerdem sind meine Landsleute einfach nur große Opportunisten.«

»Inwiefern?«

»Nun, die Deutschen waren ja lange Zeit unsere Verbündeten, und ganz Italien war von Faschisten bevölkert. Erst als klar wurde, dass Hitler niemals gewinnen konnte, vollführten wir eine Pirouette, liefen zu den Alliierten über und taten so, als hätten wir nie den rechten Arm gehoben, als hätten wir nie dem Duce zugejubelt, als hätten wir nie den Führer verehrt. Plötzlich waren alle Antifaschisten, alle hassten die Deutschen, alle hatten schon immer gewusst, dass Hitler ein gefährlicher Psychopath war und Mussolini ein gewalttätiger Fanatiker. Wir schafften den Müll der Vergangenheit auf den Dachboden und wurden leidenschaftliche Anhänger Amerikas.«

»So ähnlich ist es in Deutschland auch zugegangen«, sagte Nina. »Auch bei uns sind plötzlich alle gegen die Nazis gewesen.«

Piero lächelte. »Lassen Sie uns nicht mehr von der großen Politik sprechen. Sind Sie müde? Oder möchten Sie noch einen Spaziergang machen?«

»Ich würde sehr gern die Tiberiusbrücke sehen.«

»Mit Vergnügen. Es ist nicht weit.«

Piero verabschiedete sich von seiner Tante, und sie schlenderten weiter.

Franca rief ihm noch etwas nach, das Nina nicht verstand.

»Was hat sie gesagt?«, wollte sie wissen und hakte sich wieder wie selbstverständlich bei ihm ein.

»Dass Sie schön sind und gut essen können.«

»Oh.«

Piero lachte. »Franca ist ziemlich direkt. Außerdem will sie mich endlich mit Frau und Kindern erleben.«

Nina hatte sich schon gefragt, ob er vielleicht eine Freundin hatte. Offensichtlich nicht, sonst hätte seine Tante keine entsprechende Bemerkung gemacht.

»Aber sie weiß auch genau«, fuhr Piero fort, »dass für mich nur eine Italienerin infrage kommt.« Er stutzte kurz, machte sich wohl bewusst, mit wem er da sprach.

»Bitte verzeihen Sie.«

»Schon gut.«

Sie ließ sich nicht anmerken, dass seine Worte sie mitten ins Herz getroffen hatten.

Was soll das bedeuten?, fragte sie sich. Sind ihm deutsche Frauen nicht gut genug? Oder ist die alte Feindschaft noch so fest in den Köpfen der Leute verankert, dass eine deutsch-italienische Beziehung für niemanden akzeptabel ist?

Der Spaß am Zusammensein mit Piero war ihr vergangen. Am liebsten wäre sie umgekehrt. Aber dann hätte sie zugeben müssen, dass er sie verletzt hatte.

Womöglich war es ja auch die lockere Lebensweise der Touristinnen, die ihn abschreckte. Piero mochte Kommunist sein, aber er war mit Sicherheit auch Katholik, wie alle Menschen hier. Da passte natürlich nur eine jungfräulich reine Italienerin in sein Weltbild.

Sie hätte ihm gern erklärt, dass auch deutsche Frauen sittsam waren, aber sie hielt den Mund.

Piero schien ihre Anspannung jedoch zu spüren, denn er bemühte sich, die Stimmung wieder aufzulockern.

»Wir sind fast da. Nur noch dieses kleine Stück am Fluss entlang. Sehen Sie? Da vorn ist die Brücke. Sie ist aus istrischem Stein gebaut und verfügt über fünf gleich große Rundbögen im dorischen Stil. Seit zweitausend Jahren steht sie hier und hält auch unseren heutigen modernen Verkehr aus.«

Still vor Bewunderung ließ Nina sich näher an die Brücke heranführen, die im Schein der Laternen fast weiß erstrahlte. Dann nahm Piero sie auf dem aus Steinquadern bestehenden schmalen Bürgersteig mit auf die andere Seite.

»Wunderbar«, sagte Nina, als sie wieder zurückgekehrt waren. »Vielen Dank.«

»Möchten Sie noch mehr sehen? Wir könnten den Corso entlanggehen und …«

»Nein, danke. Ich bin wirklich müde, und morgen ist wieder ein langer Arbeitstag.«

Er nickte, und sie traten den Rückweg an.

Piero bot ihr nicht mehr den Arm, sie hakte sich nicht wie selbstverständlich ein.

Die stille Harmonie zwischen ihnen war mit seiner Bemerkung über deutsche Frauen verflogen, stattdessen herrschte nun eine gewisse Anspannung.

Ein Gedanke ließ Nina nicht los, und so sprach sie ihn endlich aus: »Täusche ich mich, oder findet Ihr Vater Henni ganz … sympathisch?«

Piero blieb stehen und schaute sie an. Er trug seine Brille nicht, trotzdem nahm sein Blick sie nicht mehr so gefangen. Vielleicht hatte sie ja schon eine Schutzmauer gegen ihn und seine verflixten Vorurteile aufgebaut.

»Ich kann natürlich nicht für Papà sprechen«, sagte er nachdenklich. »Aber auch ich habe beobachtet, dass er von Frau Spiegel sehr eingenommen ist, und ich frage mich, wohin das führen soll.«

»Ich frage mich eher, wie er das mit seiner Abneigung gegen die Deutschen in Einklang bringt«, erwiderte Nina. Sie hörte selbst den bitteren Unterton in ihrer Stimme, konnte aber nichts dagegen tun.

Kurz schien Piero verwirrt, dann sagte er entschieden: »Es wird ohnehin nichts werden. Frau Spiegel strebt eindeutig nach Höherem. Ein unbedeutender Pensionswirt, der am Bauch kaum sein Hemd schließen kann, wird ihr nicht genügen.«

»Meine Freundin ist kein oberflächlicher Mensch«, erwiderte Nina giftig. »Sie hat eine gute Seele, und ihr Leben war bisher verdammt schwer. Sie hat es verdient, sich ein wenig zu amüsieren.«

Piero hob die Hände, als wollte er sich ergeben.

»Dagegen hat ja auch niemand etwas. Ich denke nur, dass aus den beiden niemals ein Paar werden kann. Sie kommen aus zu verschiedenen Welten.«

Genau wie wir, dachte Nina bedrückt. Laut erwiderte sie nur: »Das werden wir ja noch sehen.«

Als die Pension Da Graziella in Sicht kam, atmete Nina erleichtert auf.

Kaum hatten sie das kleine Foyer betreten, kam nach ihnen ein Botenjunge an. Er trug einen großen Blumenstrauß und fragte Piero nach Signorina Jacobi.

Obwohl er klein und schwarzhaarig war, erinnerte er Nina unwillkürlich an Timo von Bareis. Er wirkte ähnlich abgezehrt und hatte eine Dusche dringend nötig.

Kurz wanderten Ninas Gedanken nach Hamburg. Es war jetzt eine Woche her, seit Henni und sie sich von Sophie und Timo verabschiedet hatten.

Wie mochte es der kleinen Familie gehen? War sie zufrieden in der Kellerwohnung? Hatte Sophie die Nähmaschine schon in Betrieb genommen? Und Timo? Wie kam er in der neuen Umgebung zurecht?

Sie nahm sich fest vor, einen Brief zu schreiben. Auf keinen Fall sollte der Kontakt abbrechen.

Der Botenjunge flitzte wieder hinaus, und Piero drückte Nina den Blumenstrauß in die Arme.

»Von Maurizio Benevento«, sagte er, und seine Stimme klang auf einmal wie ein Knurren.

Der Strauß bestand aus einem Dutzend langstieliger roter Rosen.

»Ich ... weiß gar nicht, warum er das tut«, stotterte Nina. Ihr war klar, wie eine solche Geste auf einen Zuschauer wirken musste: Der Kavalier bedankt sich für eine besondere Nacht.

Ach, Unsinn!, rief sie sich selbst zur Ordnung. Jetzt geht schon meine Phantasie mit mir durch.

Pieros mürrischer Gesichtsausdruck verriet ihr allerdings, dass seine Gedanken in dieselbe Richtung liefen.

»Wenn Sie mich jetzt entschuldigen ...«

Bevor sie etwas erwidern konnte, verschwand er nach oben in die Privaträume der Antonellis.

Nina stand da mit den prachtvollen Rosen. Sie war verwirrt und gleichzeitig belustigt. Noch vor einem Monat hätte sie es für einen schlechten Scherz gehalten, wenn jemand ihr vorausgesagt hätte, sie würde bald zwischen zwei Männern stehen.

Dann wandte sie sich einem praktischen Problem zu: Wie sollte sie die Rosen ins Wasser stellen? Sie besaß keine Vase. Aber da hatte sie eine Idee. Schnell huschte sie in den Frühstücksraum und schnappte sich eine der großen Wasserkaraffen, die morgens auf jedem Tisch standen.

In ihrem Zimmer angelangt, legte sie die Blumen kurz ab, ging den Flur hinunter ins Bad, ließ Wasser in die Karaffe laufen und kehrte zurück.

Henni war immer noch nicht da. Also stellte Nina die Blumen ins Wasser und ging kurz darauf zu Bett. Der

Schlaf jedoch wollte nicht kommen. Immer und immer wieder ging ihr der Abend durch den Kopf. Sie wiederholte jedes Wort, an das sie sich erinnern konnte, spürte erneut dieses warme Gefühl von Nähe und Geborgenheit in Pieros Gesellschaft, erschauerte wieder, als sie daran dachte, wie kalt und abweisend er beim Anblick der Rosen geworden war.

Als Henni ins Zimmer geschlichen kam, tat Nina, als würde sie schlafen.

Sie hörte Hennis leisen Pfiff beim Anblick der Blumen, vernahm, wie die Freundin sich bettfertig machte und schließlich tief und gleichmäßig atmete. Eine Duftwolke aus Parfum, Alkohol und Zigarettenrauch hing im Zimmer, und Nina hätte gern ein Fenster geöffnet. Aber dann wäre Henni womöglich aufgewacht und hätte sie zur Rede gestellt.

12. Kapitel

An der Adria begann der August in diesem Jahr mit heftigen Regengüssen und einem Temperatursturz von mehr als zehn Grad.

»Das ist schlecht, ganz schlecht«, bemerkte Luigi Antonelli, während er den Gästen seinen teuflisch starken Espresso einschenkte.

Wer mochte, bekam ihn in einer großen Tasse mit aufgeschäumter Milch. Dann hieß er Cappuccino. Nina und Henni hatten sich bald für diese Variante entschieden. Die Milch milderte die Stärke des Kaffees ein wenig ab, und Henni behauptete, sie bekäme auf diese Weise weniger Herzrasen.

Es gab aber auch Gäste, die lautstark ihren geliebten Filterkaffee vermissten, und Luigi dachte schon darüber nach, sich eine entsprechende Maschine aus Deutschland schicken zu lassen. In der Pension Da Graziella würde es zum Frühstück hingegen niemals Wurst, Käse und Eier geben. Das war barbarisch. Nur über seine Leiche!

An diesem ersten Freitag des Monats jedoch hatte er andere Sorgen. Während er nun mit einem großen Tablett voller süßer Teilchen von Tisch zu Tisch ging, sprach er aufgebracht weiter, und sein Sohn musste gleichzeitig übersetzen.

»Das hat es seit Kriegsende nicht mehr gegeben. Normalerweise regnet es immer erst nach Ferragosto. Ein paar Tage schlechtes Wetter, dann kehrt der Sommer mit voller Kraft zurück.«

Henni leckte sich etwas Milchschaum von der Oberlippe. »Was regt er sich so auf?«, fragte sie Nina. »Die Abkühlung ist doch ganz angenehm. Die Hitze war kaum noch auszuhalten.«

Nina lächelte schwach. »Du hättest in den letzten drei Wochen mal in die Küche kommen sollen. Da war es wirklich heiß. Wir hatten alle das Gefühl, wir werden genauso gegart wie Fisch und Fleisch.«

Einzig die bessere Stimmung zwischen ihr und den Kollegen hatte Nina geholfen durchzuhalten. Und sie bot sich nach wie vor für jeden Gang in den Kühlraum an.

»Verzeih, mein Goldstück. Manchmal vergesse ich, dass du so hart arbeitest, während ich schamlos mein Leben genieße.«

Das Wort »schamlos« gab Nina reichlich zu denken, doch sie ging lieber nicht darauf ein.

»Ist schon in Ordnung. Heute habe ich ja frei.«

»Ja, zum ersten Mal seit Wochen, und wir können nicht an den Strand gehen. Zu dumm.«

Nina hob die Schultern. »Warten wir's ab. Vielleicht klart der Himmel ja noch auf. Und wenn nicht – ein Regentag kann sehr erholsam sein.« Sie fragte sich bereits, ob sie nach dem starken Cappuccino wohl wieder einschlafen könnte. Wahrscheinlich schon.

Henni hob mahnend einen Zeigefinger. »Glaub ja nicht, dass du dich im Zimmer verkriechen kannst. Wir haben einiges vor.«

»Ach, auf einmal?«

»Nun, ich hätte dir einen faulen Tag am Meer gegönnt, aber bei diesem Wetter können wir auch Wohnungen besichtigen.«

»Wohnungen?«, fragte Nina. Sie wunderte sich, warum sie so überrascht war, denn Henni sprach schon seit Tagen davon, dass sie nicht ewig in der Pension bleiben konnten. Dennoch kam der Vorschlag etwas plötzlich. Sie legte das Hörnchen, in das sie gerade hatte hineinbeißen wollen, wieder auf den Teller. Ihr Magen war schlagartig wie zugeschnürt.

»Was hast du denn?«, fragte Henni. »Möchtest du lieber hierbleiben? Das wird uns auf Dauer aber zu teuer. Trotz des Sonderpreises, den wir bekommen.«

»Ich weiß«, murmelte Nina.

»Und ich habe dich wirklich sehr lieb, aber es wäre doch nett, bei Gelegenheit mal wieder etwas Privatsphäre zu haben.«

»Natürlich.«

»Warum dann diese Trauermiene?«

»Ach, nichts.«

Henni musterte sie aus ihren grünen Augen, denen so leicht nichts entging. »Piero ist ein netter Kerl, aber er scheint sich nicht für dich zu interessieren.«

»Damit hat das gar nichts zu tun. Ich wohne gern hier, und ich bin in zwei Minuten bei der Arbeit.«

»Wir suchen uns etwas in der Nähe.«

Nina schwieg.

»Sei mal ehrlich, mein Goldstück. Hast du dich in den hübschen Piero verguckt? Oder wirst du endlich den armen Maurizio erhören?«

»Ich … weiß es nicht.«

Hennis Blick bekam etwa Stechendes, und Nina wandte den Kopf zur Seite. »Starr mich nicht so an.«

»Herrgott! Es ist wirklich nicht leicht mit dir!«

»Ich habe dich auch lieb, Henni«, erwiderte Nina lächelnd.

»Mhm.«

»Einverstanden«, gab sie sich schließlich geschlagen. »Wir können hier tatsächlich nicht länger wohnen bleiben. Lass uns eine Wohnung suchen. Aber ich ziehe nur unter einer Bedingung mit dir zusammen.«

»Und die wäre?«

»Dass du nicht jede Nacht einen neuen Verehrer mitbringst.«

Henni grinste von einem Ohr zum anderen. »Das nehme ich mal als Kompliment. Ich fürchte bloß, dass du mein Liebesleben völlig überschätzt.«

»Aber du hast doch jede Menge Kavaliere?«

Henni wedelte mit der Hand, als wollte sie eine Fliege verscheuchen. »Das sind alles Schmarotzer. Weil sich mein Adelstitel herumgesprochen hat, glauben die, ich sei eine reiche Witwe, die bloß aus einer Marotte heraus in dieser bescheidenen Pension wohnt. Alle Deutschen sind in ihren Augen vermögend, fahren Mercedes und werfen mit der D-Mark nur so um sich. Solche Kerle kommen mir nicht über die Schwelle.«

»Aha«, murmelte Nina, immer noch misstrauisch.

»Also gut, versprochen. Sofern mal ein anständiger Mann dabei sein sollte, muss er draußen bleiben. Am besten wär's übrigens, wir fänden ein kleines Haus.«

»Wozu?«, fragte Nina.

»Damit Sophie und Timo auch genügend Platz haben.«

Klappernd stellte Nina ihre Kaffeetasse zurück auf die Untertasse. Offenbar war ihr heute kein Frühstück vergönnt.

»Sophie und Timo?«, fragte sie und hörte selbst den kieksenden Unterton in ihrer Stimme. »Was soll das bedeuten?«

»Na, was wohl?«, fragte Henni ruhig zurück. »Ich habe sie eingeladen herzukommen. Wie du weißt, stehe ich mit Sophie in regem Briefwechsel.«

Nina bekam sofort ein schlechtes Gewissen. »Danke«, sagte sie zu ihrer Freundin. »Ich habe so selten Zeit, ihr zu schreiben.«

»Dafür bin ich ja da. Also, es ist so: Mit ihren Näharbeiten kann Sophie ihre kleine Familie gerade eben über Wasser halten, aber es sieht nicht so aus, als ob sie ein ordentliches Geschäft aufbauen könnte. Die Konkurrenz in Barmbek ist einfach zu groß. Jede zweite Hausfrau verdient sich mit Nadel und Faden was nebenbei. Sophie und Timo haben es wirklich schwer. Tja, und da kommt meine Freundin Raffaella ins Spiel. Sie sucht nämlich …«

»Wer?«, fiel Nina ihr ins Wort. Anscheinend sollte ihr erster freier Tag voller Überraschungen sein.

»Raffaella gehört die Boutique, in der ich so gern einkaufe. Da könnten wir heute vielleicht auch noch hin. Du brauchst unbedingt ein paar neue Kleider für deine Abende mit Maurizio.«

An diese Abende wollte Nina im Augenblick lieber nicht denken, deshalb hakte sie nach: »Und diese Raffaella braucht eine Näherin?«

»Sogar dringend. Sie hat mehr und mehr ausländische Kundinnen, und oft muss an den Kleidern etwas geändert werden. Meist geht es darum, den Saum auszulassen oder die Hüftpartie zu lockern. Die Damen aus dem Norden sind ein wenig kräftiger, wie Raffaella es höflich ausdrückt. Die einheimischen Frauen haben für so etwas keine Zeit. Sie arbeiten fast alle im Tourismus. Außerhalb der Saison würden sie vielleicht einspringen, aber Raffaella will mindestens eine feste Angestellte, auf die sie sich verlassen kann. Da kommt Sophie ins Spiel.«

»Aha«, meinte Nina, vollkommen überrumpelt.

»Und dann wäre da noch Timo«, fuhr Henni fort. »Sein Husten wird schlimmer, schreibt Sophie. Scheint sich zu einer chronischen Bronchitis ausgewachsen zu haben, und in der feuchten Bude kann das nicht besser werden. Vor allem im Herbst und Winter wird's ihm da nur noch schlechter gehen. Das Klima hier könnte ein wahrer Segen für ihn sein.«

Nina nickte. »Das stimmt.« Sie dachte voller Zuneigung an den Jungen.

»Er wird an Pieros Unterricht teilnehmen. In dem Alter lernt man viel schneller eine neue Sprache. Wenn alles gut läuft, kann er bald zur Schule gehen. Sophie will auch unbedingt mitmachen. Sie schreibt, das würde sie an die glücklichen Zeiten mit ihrem Mann erinnern.«

»Du hast alles so gut durchdacht«, sagte Nina beeindruckt. Sie erinnerte sich an die Vorahnung, die sie in Hamburg gehabt hatte – dass ihrer aller Lebensfäden auf geheimnisvolle Weise miteinander verknüpft waren. Es sah ganz danach aus, als sollte sie recht behalten.

»Aber können wir es uns leisten, ein ganzes Haus zu mieten?«, fragte sie zweifelnd.

Hennis Witwenrente wurde inzwischen nach Italien überwiesen, und zusammen mit Ninas Einkommen konnten sie ihren Lebensunterhalt einigermaßen bestreiten. Größere Ausgaben waren jedoch nicht möglich.

»Ehrlich gesagt frage ich mich sowieso schon seit einer Weile, wie du dir diese eleganten Abendroben leisten kannst.«

Henni lächelte. »Nach Ferragosto fallen die Mieten, das hat mir Raffaella verraten. Wenn die Touristen ausbleiben, sind Wohnungen und Häuser bis zum Frühjahr günstig zu haben. Danach sehen wir weiter. Und die Kleider kaufe ich nicht. Raffaella stellt sie mir zur Verfügung.«

»Wie das?«, wollte Nina wissen.

»Ganz einfach. Ich bin eine Gräfin und trage ihre Roben im Grand Hotel zur Schau. Eine bessere Werbung für ihre Boutique könnte sie sich gar nicht wünschen. Nach dem ersten Abendkleid sind wir uns schnell einig geworden. Ich denke, für dich könnte ich eine ähnliche Abmachung treffen. Du bist zwar nicht von Adel, aber dafür wirst du von Maurizio Benevento ausgeführt. Das ist fast genauso gut – und an dir sehen die Kreationen bestimmt noch zehnmal hübscher aus.«

Wie schafft sie es bloß immer noch, mich zu verblüffen?, fragte sich Nina im Stillen. Ich sollte sie doch inzwischen kennen. Henni besaß ja schon immer dieses große Organisationstalent.

Sie war es gewesen, die sie beide in den ersten besonders schweren Jahren in der Kellerwohnung über Wasser gehalten hatte. Von irgendwoher hatte sie in größter Not immer ein paar Lebensmittel gezaubert. Sie war die Königin des Schwarzmarktes gewesen und hatte es geschafft, ein abgetretenes Paar Herrenschuhe so lange zu tauschen, bis sie an die Bückware im Feinkostladen kam – eine halbe fette Mettwurst!

»Du bist unglaublich«, sagte sie.

Henni winkte bescheiden ab. »Kleinigkeit. Du kennst mich ja. Und mach dir nicht so viele Sorgen, mein Goldstück. Du weißt, wir …«

»… schaffen das schon«, vollendete Nina an ihrer Stelle den Satz.

»Ganz genau.«

Henni grinste, dann runzelte sie auf einmal verärgert die Stirn.

Noch bevor Nina nach dem Grund fragen konnte, sagte sie: »So, und da wir gerade so schön beisammensitzen. Was ist los zwischen dir und Maurizio?«

»Nichts. Was soll schon los sein?«, gab Nina zurück, während sie sich wünschte, ganz weit weg zu sein.

»Also, ich bitte dich. Er hat dich jetzt schon – wie oft?

Drei Mal? – fein zum Essen ausgeführt und hat vorher dafür gesorgt, dass du den Abend freibekommst. Er schickt dir jeden zweiten oder dritten Tag Blumen. Der Mann legt dir die Welt zu Füßen, aber du scheinst nicht besonders glücklich darüber zu sein.«

Nina hob ratlos die Schultern. Wie sollte sie Henni erklären, dass sie sich in den schicken und teuren Restaurants, in die Maurizio Benevento sie brachte, fehl am Platz fühlte und lieber wieder an einem einfachen Holztisch mit Papiertischdecke sitzen würde? Bei Franca hinter der Bretterbude und dabei mit den Händen eine köstliche Piadina essen.

»Er ist sehr charmant«, meinte sie vage. Und das stimmte ja auch. In Beneventos Gegenwart fühlte sie sich wie eine Prinzessin. Er war immer aufmerksam und ihr zugewandt. Er machte ihr Komplimente und schenkte ihr bewundernde Blicke.

Bloß hatte sie das Gefühl, er spule ein sorgsam einstudiertes Programm ab. Auch wurde sie den Eindruck nicht los, dass er es quasi für sein gutes Recht hielt, sie zu erobern. Schließlich hatte er ihr ein neues Leben ermöglicht.

Einerseits schien es ihn zu reizen, dass sie ihn hinhielt. Ein solches Verhalten war er von den Frauen nicht gewöhnt. Andererseits spürte sie deutlich, dass er langsam die Geduld verlor.

Und es gab noch etwas, das ihr missfiel: Bei jedem Treffen löcherte er sie wegen der Antonellis. Wie viele Zimmer belegt seien und ob es finanzielle Schwierigkeiten gäbe. Nina antwortete jedes Mal, die Pension sei ausgebucht, aber über andere Dinge wüsste sie nicht Bescheid. Dabei fragte sie sich insgeheim, warum ihn das bloß so brennend interessierte.

Sie hätte gern mit jemandem darüber geredet. Aber Henni schied aus. Für sie war Maurizio Benevento eine Art Engel, der sie aus dem Kellerloch gerettet hatte.

Piero? Er wäre vermutlich der richtige Ansprechpartner gewesen, aber ihr fehlte der Mut, mit ihm ausgerechnet über Benevento zu reden.

Blieb Luigi übrig – jedoch konnten sie sich miteinander noch nicht verständigen.

Also behielt Nina ihre Sorgen für sich, aber sie zerrten zunehmend an ihren Nerven.

»Charmant also«, unterbrach Henni ihre Gedanken. »Das ist aber nicht genug, oder?«

»Henni, ich …«

»Schon gut. Ich verstehe. Für dich muss es die ganz große Liebe sein. Ein reicher, aufmerksamer Mann genügt dir nicht.«

Das klang nicht nach einem Lob, und Nina presste die Lippen zusammen. Auf keinen Fall wollte sie sich jetzt mit ihrer Freundin streiten.

Henni wartete einen Moment ab, und als Nina nichts mehr sagte, blickte sie sich nach Luigi um und rief: »Croissant! Amore!«

Ein paar der Gäste schauten empört, andere belustigt. Henni kümmerte sich nicht darum, sondern nahm mit einem gnädigen Nicken das nächste süße Teilchen entgegen.

Kurz schaute Nina zu Piero. Da sein Vater aufgehört

hatte, über das Wetter zu jammern, las er nun die Tageszeitung und nippte an seinem zweiten Espresso.

An drei Vormittagen in der Woche nahm Nina inzwischen an seinem Italienischunterricht teil. Er fand hier im Frühstücksraum statt, was ein Vorteil war, denn so konnte sie gleichzeitig etwas zu sich nehmen, bevor sie zur Arbeit musste.

An manchen Tagen war sie eigentlich zu müde, um für die Schulstunde früher aufzustehen, aber Henni trommelte sie unerbittlich aus dem Bett. Sie behauptete, Nina müsse für sie beide lernen, denn sie selbst sei zu alt dafür. Außerdem käme sie mit den wenigen Wörtern prima zurecht. Was sie in diesem Augenblick mal wieder unter Beweis stellte.

»Cappuccino! Amore!«, rief sie quer durch den Raum, und schon eilte Luigi mit einer frischen Tasse herbei.

Nina lächelte in sich hinein. Mochte Henni es nicht für nötig halten, eine neue Sprache zu lernen – Luigi war offenbar anderer Ansicht. Piero hatte ihr verraten, dass er seinem Vater seit Kurzem Deutsch beibringen musste. Angeblich, damit Luigi in Zukunft besser mit seinen Gästen kommunizieren könne, aber das war nicht die ganze Wahrheit.

Luigis Schwärmerei für Henni hatte bisher in keiner Weise nachgelassen. Mochte sie noch so oft in feinen Roben davonrauschen und spätnachts von einem Verehrer heimgebracht werden – der kleine, rundliche Pensionswirt war offenbar davon überzeugt, dass seine Chance noch kommen würde.

Was sein zwiegespaltenes Verhältnis zu den Deutschen

betraf: Auch in diesem Punkt machte er inzwischen feine Unterschiede, wie Nina ebenfalls von Piero erfahren hatte. Erstens sei Henni ja gar keine richtige Deutsche, sondern Ostpreußin, was in Luigis Augen ein himmelweiter Unterschied war; zweitens sei sie auf dem besten Weg, Italienerin zu werden. So stand in seinen Augen seinem Liebesglück nichts mehr entgegen – bis auf die klitzekleine Tatsache, dass seine Angebetete sich ihm nur zuwandte, wenn sie etwas von ihm brauchte.

Bei sich dachte Nina oft, dass die beiden ein wunderbares Paar abgeben würden. Luigi mochte weder reich sein noch einen Adelstitel besitzen – doch er betete Henni an und würde sie bestimmt glücklich machen, wenn sie ihn nur ließe.

Ein kleiner Seufzer kam ihr über die Lippen. Was ihr eigenes Verhältnis zu seinem Sohn betraf, so waren sie bisher kein Stück weitergekommen.

Piero war stets höflich, lobte ihre Fortschritte im Unterricht, hielt ansonsten jedoch Abstand zu ihr. Wenn er sie direkt anschaute, egal ob mit oder ohne Brille, spürte sie noch immer, wie alles um sie herum versank, als wären sie plötzlich die einzigen Menschen auf der Welt. Piero hingegen schien nichts dergleichen zu fühlen, denn sobald sich ihre Blicke trafen, wandte er stets hastig den Kopf, und seine Mundwinkel bogen sich ein klein wenig nach unten.

»Was ist dem eigentlich über die Leber gelaufen?«, fragte Henni, der wie gewohnt nichts entging.

Nina knabberte an ihrem Hörnchen, um nichts erwidern zu müssen. Sie hatte Henni nie von dem Abend mit Piero erzählt. Diese eine schöne Erinnerung sollte ihr allein gehören.

Auf einmal gefiel ihr die Idee, dass Sophie und Timo herkommen sollten, noch besser. Sophie war ihr im Alter sehr viel näher als Henni, und Nina stellte sich vor, dass sie bei ihr in manchen Dingen auf mehr Verständnis stoßen würde. In Herzensangelegenheiten, zum Beispiel.

Henni hörte ja nicht auf, sie buchstäblich in Maurizios Arme zu treiben!

Henni trank von ihrem zweiten Cappuccino. Dann meinte sie nachdenklich: »Am Anfang habe ich gedacht, dass Vater und Sohn ein Auge auf uns geworfen hätten. Kannst du dir das vorstellen? Mittlerweile erscheint es mir geradezu lächerlich.«

Nina betete, sie möge nicht erröten, und schüttelte nur leicht den Kopf.

»Na ja«, setzte Henni hinzu, »bei Piero hat sich das Thema ja offenbar erledigt. Luigi hat aber immer noch nicht aufgegeben. Hier, guck mal. Er hat ein Herz aus Kakao auf meinen Cappuccino gemalt. Ziemlich schief, aber eindeutig ein Herz.«

»Vielleicht würde es helfen, wenn du ihn nicht ständig Amore rufen würdest.«

Henni legte den Kopf in den Nacken und lachte.

Luigi schaute hingerissen herüber, Piero wirkte eher gestört, die übrigen Gäste beeilten sich, ihr Frühstück zu beenden. Die Pension war ja ganz reizend und sehr günstig, aber diese Ostpreußin, die hier als Stammgast residierte, konnten sie anscheinend nur in Maßen ertragen.

Auf einmal waren die beiden Frauen mit den Antonellis allein, und Luigi setzte sich zu ihnen. Er schenkte sich selbst einen Espresso ein, ließ sich auf den einen freien Stuhl an ihrem Tisch fallen und griff nach dem Zucker.

Henni legte ihre Hand darauf. »No Zucker! Amore!«

Luigi strahlte, und Nina wunderte sich gewaltig.

»Warum denn nicht?«, fragte sie Henni.

»Der Mann muss abnehmen. So eine Wampe ist ungesund.«

»Seit wann das denn?« Sie dachte an die vielen dicken Männerbäuche in Deutschland. Seit der Fresswelle galten sie als Zeichen von Wohlstand. Allerdings waren ihr schon manches Mal so ihre Zweifel gekommen. Als Köchin wusste sie schließlich, dass eine gesunde Ernährung wichtig war.

»Habe ich in der *Constanze* gelesen. Die hat mir eine der Urlauberinnen überlassen.«

»Und warum interessierst du dich für sein Wohlbefinden?«

»Das ist meine Sache«, gab Henni knapp zurück und zog den Zucker zu sich heran, so dass Luigi ihn nicht mehr erreichen konnte. Ihm schien das nichts auszumachen, denn er nippte selig an seinem bitteren Kaffee.

Piero, der alles mit angehört hatte, kam zu ihnen und setzte sich ebenfalls. Sein Knie berührte Ninas Oberschenkel.

So nah war sie ihm lange nicht gewesen, und ihr Herz raste. Sie spürte Hennis bohrenden Blick und konzentrierte sich fest auf das Hörnchen auf ihrem Teller, das sie kaum angerührt hatte.

Eine Weile sagte niemand etwas, und für einen unbeteiligten Zuschauer mochten sie wie eine ganz normale Familie aussehen, die friedlich zusammen frühstückte.

Nina versuchte sich zu entspannen, aber schon wenige Augenblicke später zerstörte Henni die Stimmung, indem sie fragte: »Was ist eigentlich zwischen euch und Maurizio Benevento los? Wieso hasst ihr den Mann so sehr?«

Nina bemerkte, dass Piero bleich wurde, und als er für seinen Vater übersetzte, verschluckte sich dieser an seinem Kaffee und musste husten. Dabei wurde er hochrot im Gesicht, und so boten Vater und Sohn einen ziemlich ungesunden Anblick. Leichenblass der eine, knallrot der andere. Wobei – wenn Nina es recht bedachte, war Luigi bereits rot geworden, bevor Piero mit seiner Übersetzung begonnen hatte. Offenbar verstand der Hotelbesitzer schon ausgezeichnet Deutsch.

Henni ließ gleich die nächste Bombe hochgehen. »Ich frage ja nur, weil mir an eurer Freundschaft etwas liegt. Wie soll das weitergehen, wenn Nina und Maurizio heiraten? Sind wir dann auch eure Feinde?«

Nina erstarrte. Wie konnte Henni so etwas behaupten? Hatte sie ihr nicht erst vor wenigen Minuten klargemacht, dass sich zwischen ihr und Maurizio Benevento nichts entwickelt hatte?

Piero weigerte sich zu übersetzen. Aber das war offenbar auch nicht nötig, und diesmal glaubte Nina, der arme Mann sei einem Herzinfarkt nahe.

»Hör auf damit!«, befahl sie Henni.

»Ich will aber endlich die Wahrheit wissen!«

Keiner der Antonellis antwortete ihr. Es schien fast, als würden sie nie wieder mit ihnen reden wollen.

13. Kapitel

Schließlich stand Luigi auf. Seine Bewegungen waren mühsam – als wäre er schlagartig um Jahre gealtert.

Es ist alles aus und vorbei, dachte Nina. Gleich wird er uns auffordern, auf der Stelle seine Pension zu verlassen. Und wir haben noch keine neue Bleibe.

Sie wusste, dass jetzt im August in Rimini jedes Mauseloch ausgebucht war. Sie würden wahrscheinlich am Strand schlafen müssen. Wie diese jungen Leute, die sie manchmal sah. Sie kamen aus Deutschland, Österreich oder anderen Ländern jenseits der Alpen, ließen sich die Haare bis in den Kragen wachsen, trugen zerrissene Kleidung und campierten unter freiem Himmel.

Bei dem Gedanken, es ihnen gleichtun zu müssen, überlief Nina ein kalter Schauder.

Doch Luigi Antonelli überraschte sie.

Er kehrte mit vier Espressotassen an den Tisch zurück, unter den Arm geklemmt hatte er eine Flasche mit einer klaren Flüssigkeit. Daraus goss er nun in jede Tasse einen ordentlichen Schuss ein.

Henni rümpfte die Nase. »Was soll das sein?«

»Sambuca«, erklärte Piero. »In Krisenzeiten trinken wir

unseren caffè corretto, also auf korrekte Art, mit etwas Anislikör darin.«

Luigi hob seine Tasse und trank, Henni und Piero taten es ihm nach.

Nina schnupperte zunächst an ihrer Tasse. In den Kaffeeduft mischte sich der aromatische Geruch nach Lakritze und Anis. Sie kostete einen kleinen Schluck und trank dann ebenfalls.

»Sehr lecker«, sagte sie.

»Gut! Amore!«, rief Henni begeistert.

Luigi lächelte nicht, wirkte jedoch ein wenig besänftigt. Dann redete er auf seinen Sohn ein. Nina hatte den Eindruck, er spräche mit Absicht italienisch, damit die beiden Frauen nichts mitbekamen. Als Piero sich jedoch an Henni wandte, hob er die Schultern und schien einverstanden.

»Es ist so, dass Maurizio Benevento unsere Pension abreißen lassen will.«

Nina erschrak.

Die Pension Da Graziella sollte dem Erdboden gleichgemacht werden? Luigis Lebenswerk? Das Haus, das den Namen seiner verstorbenen Frau trug?

Nicht auszudenken!

Dieser gutherzige Mann, der sich nach dem Krieg eine neue Existenz aufgebaut hatte, würde daran zerbrechen. Dessen war sie sich absolut sicher.

Und ihr würde die Pension auch fehlen, gestand sie sich ein. Obwohl sie nur ein paar Wochen hier verbracht hatte – es war der Ort, an dem ihr italienisches Abenteuer begonnen hatte.

Sie schaute Luigi an. Er zog ein Gesicht, als wollte er ausspucken, riss sich aber in Gesellschaft der Damen zusammen.

Henni kannte da weniger Zurückhaltung. Sie steckte zwei Finger in den Mund und stieß einen Pfiff aus, der Nina in den Ohren klingelte.

»Merda!«

Nina rieb sich die Schläfen. Hatte Henni das wirklich gesagt? Unmöglich! Bestimmt hatte sie sich verhört.

Aber als sie Luigis belustigtes Gesicht sah, wusste sie, dass sie richtig gehört hatte. Henni hatte »Scheiße« auf Italienisch gerufen.

»Ziemlich unflätig für eine Gräfin«, murmelte sie leise.

Nicht leise genug.

»Die olle Gräfin kehre ich nur hervor, wenn sie mir nützlich ist«, erklärte Henni feixend. »Im Augenblick brauche ich sie nicht.«

Nach dieser Unterbrechung ergriff Piero wieder das Wort. Er erzählte, dass sein Vater das Grundstück bereits vor fünf Jahren erworben hatte. Damals gehörte das Grand Hotel vorübergehend der Stadt Rimini, und man suchte verzweifelt nach einem Käufer für das im Krieg schwer beschädigte Gebäude.

Erst hatte die Wehrmacht darin gehaust, dann waren Bomben darauf gefallen, und schließlich hatten die Alliierten es als Hauptquartier benutzt. Auch sie waren nicht sonderlich pfleglich mit der Einrichtung umgegangen.

Bloß fand sich lange Zeit niemand, der bereit war, die hohen Reparaturkosten zu übernehmen. Außerdem glaubte kaum jemand an die Rückkehr der Touristen. Wie sollten Menschen, die sich noch bis vor ein paar Jahren im Schützengraben gegenübergelegen hatten, je wieder am selben Tisch einen Teller Spaghetti essen und ein Glas Rotwein trinken? Unvorstellbar!

Also wurden Teile des Besitzes verkauft, um wenigstens die schlimmsten Schäden reparieren zu können. Dazu gehörte auch ein Abschnitt des Parkplatzes. Und darauf baute Luigi nun seine Pension.

Keine zwölf Monate später fand sich überraschend doch noch ein Käufer für das Hotel, und es wurde in Rekordzeit restauriert. Seit zwei Jahren strömten die Gäste nun wieder in Scharen nach Rimini, und der Parkplatz reichte nicht mehr aus.

»Auf unserem Grundstück«, schloss Piero, »soll der Eingang zu einer Tiefgarage liegen. Drahtzieher hinter allem ist der verfluchte Benevento. Er ist mit dem Hotelbesitzer nicht nur verwandt, sondern auch dick befreundet und hat ihm versprochen, dafür zu sorgen, dass wir verschwinden. Im Gegenzug hat er schon so manche Gefälligkeit eingestrichen.«

Sein Blick streifte kurz Nina, und wieder erschauderte sie.

Ich bin anscheinend eine dieser Gefälligkeiten, schoss es ihr durch den Kopf. Selten im Leben hatte sie sich so sehr geschämt.

»Ich versuche, das Schlimmste zu verhindern«, sprach Piero weiter. »Ich verhandle mit den Behörden, und ein Freund von mir, ein Architekt, arbeitet derzeit an einem alternativen Plan.«

»Na so was!«, stieß Henni aus. »Und ich dachte, Sie machen Geschäfte mit der Mafia.«

»Wie bitte?«, fragte Piero.

»Hören Sie nicht auf Henni«, mischte sich Nina ein. »Luigi hat mal gesagt, Sie hätten geschäftliche Dinge zu erledigen, die keinen Aufschub duldeten. Da hat sie so ihre Schlussfolgerungen gezogen.«

»Verstehe.«

Luigi, der eine ganze Weile geschwiegen hatte, sagte auf einmal in überraschend gutem Deutsch: »Wir sind eine ehrliche Familie!«

»Natürlich, Amore.«

Henni klopfte mit den Fingerknöcheln auf den Tisch.

»Nun mal Ruhe im Karton! Turteln könnt ihr zwei später. Die Sache mit der Mafia ist noch lange nicht ausgestanden. Vielleicht ist Maurizio ja darin verwickelt. Und wie viel Prozent hat eigentlich dieser Sambuca? Ich fürchte, der verträgt sich nicht mit meinem Restalkohol von gestern.«

Turteln?, überlegte Nina. So ein Quatsch. Sie bemerkte, dass Pieros Kiefermuskeln mahlten.

Aus irgendeinem Grund ärgerte sie sich über seine Reaktion.

»Tut mir leid, wenn Sie der Gedanke an einen Flirt mit mir dermaßen abstößt«, flüsterte sie ihm hinter vorgehaltener Hand zu. »Ich kann Ihnen versichern, dass es dazu nicht kommen wird.«

Nun runzelte er auch noch die Stirn.

Himmel!, dachte sie. Wie soll ich ihn denn noch davon überzeugen, dass ich nichts von ihm will?

Weiterhin im Flüsterton ergänzte sie: »Außerdem ziehen Henni und ich in Kürze sowieso aus. Dann haben Sie endlich Ihre Ruhe. Und Ihr Vater kann wieder darauf hoffen, dass das Grand Hotel überbucht ist und ein paar berühmte Gäste nach seinem schönsten Zimmer verlangen.«

So plötzlich, dass sie vor Schreck zusammenfuhr, schob Piero seinen Stuhl zurück und sprang auf. Ohne ein Wort verließ er mit langen zornigen Schritten den Frühstücksraum.

»Was hat er denn?«, fragte Henni ahnungslos und nippte wieder an ihrer Tasse.

Nina hatte einen Kloß im Hals. »Anscheinend hält Piero es in meiner Nähe nicht mehr aus.«

»Jetzt sag schon, wie hast du ihn vertrieben?«

»Gar nicht. Er war von deiner Bemerkung über unsere angebliche Turtelei so entsetzt, dass ich ihm versichert habe, es werde nie etwas zwischen uns geschehen.«

»Mein Goldstück, du bist ein Dummerchen.«

»Wie bitte?«

»Der arme junge Mann ist rettungslos in dich verliebt. Das ist mir jetzt endgültig klar.«

Ein warmes Gefühl machte sich in ihrem Innern breit, dennoch schüttelte Nina den Kopf. »Er will keine flatterhafte Deutsche, sondern eine tugendhafte Italienerin.«

»Seit wann hält sich die Liebe an das, was der Verstand vorgibt? Guck dir den kleinen Mann hier an. Der gibt einfach nicht auf.«

Luigi, der offensichtlich alles verstanden hatte, lächelte selig und goss Sambuca nach – auch ohne Kaffee.

»Geh ihm nach«, schlug Henni vor. »Ihr zwei müsst euch mal aussprechen.«

»Ich denke, du willst, dass ich mit Maurizio zusammenkomme?«

»Wie kommst du denn darauf?«

Nina fragte sich, wie viel Likör wohl inzwischen in Hennis Blutkreislauf zirkulierte. »Vorhin hast du zu den Antonellis gesagt, dass Benevento und ich heiraten.«

»Wirklich? Ach, du darfst nicht alles, was ich so von mir gebe, auf die Goldwaage legen. Ich wollte sie provozieren, um endlich rauszufinden, warum der gute Maurizio hier so schlecht gelitten ist. Hat ja funktioniert. Nun wissen wir Bescheid.«

Sie lächelte Henni traurig an. »Ja, wir wissen Bescheid, und Piero hasst mich.«

»Das tut er nicht«, sagte Luigi. »Ich kenne meinen Sohn.«

Henni war seiner Meinung. »Der junge Mann ist in dich verliebt, Nina.«

»Und darum soll ich ihm jetzt nachlaufen?«

»Ganz genau. Dich und Piero zu beobachten, hat mir die Augen geöffnet. Nun verschwinde schon.«

»Ich weiß doch gar nicht, wohin er gegangen ist«, erwiderte Nina.

Henni wandte sich an Luigi. »Wo ist er hin?«

»Ans Meer«, gab er bereitwillig Auskunft.

Na toll, dachte Nina. Am Strand sind an einem Vormittag im August ja auch bloß Tausende von Leuten. Da werde ich ihn im Leben nicht finden.

Trotzdem stand sie folgsam auf, verließ die Pension und machte sich auf den Weg zur Promenade.

Zu ihrer Überraschung entdeckte sie Piero sofort. Er war nicht weit gelaufen, sondern hatte sich auf eine Bank gesetzt. Die Arme fest vor der Brust verschränkt, den Blick über den Strand und die bunten Sonnenschirme hinaus aufs Meer gerichtet, schien er die vielen Menschen um sich herum gar nicht wahrzunehmen.

Als Nina sich neben ihn auf die äußerste Kante hockte, merkte er auf. Da er jedoch nichts sagte, schwieg sie ebenfalls, und sie blickten beide aufs Meer.

Nach einer Weile spürte sie, dass er sich entspannte, und nach einiger Zeit sagte er: »Es tut mir leid. Ich habe mich kindisch verhalten.«

»Ich war auch nicht viel besser.«

Da lachte er leise, löste seinen Blick vom Ozean und schaute sie an. Ihr fiel auf, dass er seine Brille nicht trug, und seine Augen leuchteten an diesem Morgen besonders intensiv. Wie Bernstein, der ins Licht gehalten wurde.

»Piero, ich …« Sie wollte ihm gestehen, dass sie nicht an Maurizio Benevento interessiert war und dass sie den Mann ganz gewiss nicht heiraten würde. Sie wollte ihm sagen, dass sie seit dem ersten Abend in ihn, Piero, verliebt war.

Er kam ihr zuvor. »Nina, ich mag Sie wirklich sehr.«

»Ja?«

Ohne seinen Blick von ihr zu nehmen, beugte er sich zu ihr und gab ihr einen leichten Kuss auf die Lippen.

Sie zuckte zusammen wie unter einem elektrischen Schlag.

Augenblicklich rutschte Piero zur Seite.

»Verzeihen Sie. Das war unangemessen.«

»Nein«, sagte Nina, rückte an ihn heran und küsste ihn ebenfalls. Nur ganz leicht, aber voller Zärtlichkeit.

Sie hatte nicht gewusst, dass ein Kuss sich so anfühlen konnte; so lebendig und warm, so aufregend und gleichzeitig beängstigend.

Langsam löste sie ihre Lippen von seinen und schaute ihn an. Der Strandbetrieb, die vielen Menschen auf der Promenade, die Durchsagen der *bagnini* und die Stimme eines Verkäufers, der seine *gelati* anpries, der Ruf der Möwen, all das verblasste, bis nur noch sie beide übrig waren.

Doch dann sagte Piero: »Ich verstehe nicht, warum du mit Maurizio Benevento ausgehst.«

Er war zum vertraulichen Du gewechselt, aber sein kühler Tonfall machte ihre kurze Freude darüber zunichte.

Nina verschränkte die Hände ineinander.

Was sollte sie ihm darauf antworten? Dass sie sich dazu verpflichtet fühlte? Dass sie in Beneventos Schuld stand? Oder sollte sie ehrlich sein und zugeben, dass ihr seine Aufmerksamkeit hin und wieder guttat?

In der Küche wurde sie zwar inzwischen besser behandelt, aber sie verrichtete noch immer bloß Hilfsarbeiten. Wenn Benevento sie ausführte, war sie eine Frau, der Respekt und Bewunderung entgegengebracht wurden. Nicht nur von ihm selbst, sondern auch von anderen Menschen.

Tief in ihrem Innern wusste sie, dass nichts an das Gefühl herankam, mit Piero eine Piadina zu essen. Dennoch musste sie zugeben, dass die Abende mit Benevento ihr ebenfalls gefielen.

Piero wartete noch immer auf eine Antwort, also sagte sie schließlich hilflos: »Ich habe gedacht, du interessierst dich nicht für mich.«

»Und da hast du dir Benevento als eiserne Reserve aufgehoben?«

»Was? Nein, das verstehst du nicht. Er hat mir und Henni sehr geholfen. Ohne ihn wären wir nie nach Italien gekommen.«

»Demnach gehst du jetzt aus reiner Dankbarkeit mit ihm aus.«

»Ja«, log sie.

»Und … weiß er das auch?«

Darauf konnte sie ihm keine Antwort geben, also schwieg sie.

Piero richtete seinen Blick wieder in die Ferne.

»Maurizio Benevento ist daran gewöhnt, alles zu bekommen, was er will.«

»Ich weiß«, murmelte Nina.

»Er wird nicht lockerlassen, bis …«

»Bis was?«

»Nun«, sagte er langsam, »das kannst du dir wohl selbst denken.«

Wut stieg plötzlich in ihr auf. Wut war gut. Besser als die Hilflosigkeit.

»Und du glaubst natürlich, ich werde ihm geben, was er sich wünscht!«

Seine Kiefermuskeln mahlten wie vorhin im Frühstücksraum. »Nicht?«

Sie sprang auf. »Ich bin keine von diesen flatterhaften Touristinnen, die sich hier dem ersten Mann an den Hals werfen, der ihnen über den Weg läuft! Wann wirst du das endlich kapieren?«

Piero stand ebenfalls auf. »Vielleicht, wenn du damit aufhörst, zwei Männern gleichzeitig schöne Augen zu machen.«

»Das ist ungerecht! Und nur, damit du Bescheid weißt: Benevento trifft sich aus einem ganz anderen Grund mit mir.«

»Nämlich?«

Er schaute sie auf einmal mit höchster Konzentration an.

Nina biss sich auf die Lippen.

Zu spät.

Dennoch versuchte sie, ihn abzulenken. »Er interessiert sich für mich. Er macht mir viele Komplimente und schickt mir, wie du weißt, auch Blumen.«

Piero reagierte nicht.

»Außerdem ist er der Meinung, ich könnte eine große Köchin werden.«

Schweigen.

Sie standen einander gegenüber wie Feinde, nicht wie ein Mann und eine Frau, die sich eben noch innig geküsst hatten.

Nina gab es auf. Piero würde nicht lockerlassen, bis sie ihm alles erzählt hatte.

Ihre Wut verflog ebenso schnell, wie sie gekommen war. Zurück blieb ein Gefühl der Leere.

»Benevento hat mich gebeten herauszufinden, ob eure Pension Gewinn abwirft.«

Piero wurde blass.

»Und?«, fragte er mit ausdrucksloser Stimme. »Was hast du ihm berichtet?«

»Gar nichts. Außer …«

»Außer was?«

»Herrgott! Ich hatte doch keine Ahnung, worum es ging!«

»Jetzt sag schon, Nina. Was hast du ihm berichtet?«

»Dass ihr den ganzen Sommer ausgebucht seid.«

»Und hat er gefragt, wie die Reservierungen für den September sind?«

Nina hob kurz die Schultern. »Nein, ich glaube nicht. Ich … weiß es nicht mehr genau. Ich würde niemals ernsthaft bei euch spionieren. Das musst du mir glauben.«

»Wie könnte ich dir noch irgendetwas glauben?«

Piero lachte bitter auf. Dann machte er auf dem Absatz kehrt und ging davon. Nicht zur Pension, sondern in die andere Richtung.

Nina wartete ein paar Minuten ab. Er kommt zurück, sagte sie sich. Gleich wird er einsehen, dass ich nichts Schlimmes getan habe.

Doch Piero verschwand in der Menge und kehrte nicht um.

Nach einer Weile ging sie zur Pension zurück. Henni und Luigi saßen noch immer im Frühstücksraum, tranken Sambuca und wirkten sehr vertraut.

Nina blieb an der Tür stehen, unsicher, ob sie die Zweisamkeit stören sollte.

Doch bevor sie sich entscheiden konnte, entdeckte Henni sie und sagte: »Höchste Zeit, dass wir aufbrechen. Ciao!«

Sie erhob sich, durchquerte den Frühstücksraum mit ein paar Schritten und zog Nina mit sich.

Luigi blieb nichts anderes übrig, als ihnen sehnsuchtsvoll nachzublicken. Nina bemerkte es, als sie schon halb zur Tür hinaus waren.

»Wir gehen zuerst zu Raffaella«, entschied Henni, als sie nebeneinander in Richtung Zentrum liefen.

»Wäre es nicht wichtiger, eine Wohnung zu finden?«, wandte Nina ein.

»Sie wird uns dabei helfen. Sie kennt Gott und die Welt in Rimini.«

»In Ordnung.«

Ihr kam der Gedanke, dass Henni sich schneller in Italien einlebte als sie selbst – obwohl sie fast dreißig Jahre älter war. Jedenfalls hatte sie bereits wichtige Bekanntschaften gemacht und wusste, an wen sie sich wenden musste, wenn sie Hilfe brauchte.

Die Tiberiusbrücke war bereits in Sicht, als Henni fragte: »Willst du mir erzählen, wie es mit Piero gelaufen ist?«

»Lieber nicht.«

»Dachte ich mir. Du siehst nicht gerade glücklich aus.«

Den Rest des Weges schwiegen sie und erreichten kurz darauf Raffaellas Boutique. Sie lag direkt am Corso d'Augusto und war sehr klein. Aber Nina erkannte sofort, dass hier jede Ecke perfekt ausgenutzt worden war, und dank vieler Spiegel wirkte der Raum größer.

Zu ihrer Überraschung war die Boutique geöffnet, und Raffaella, eine kleine, fröhliche Frau um die vierzig, erklärte in holprigem Deutsch, dass sie in der Saison nur am Sonntagnachmittag schließe.

Auf Hennis Frage nach einer Unterkunft wusste sie nicht sofort eine Antwort, ging aber zu einem schicken beigefarbenen Wandtelefon neben der Kasse und führte ein paar Gespräche.

Schließlich hängte sie den Hörer wieder in die Gabel und verkündete, es gäbe da ein Haus, nur zwei Querstraßen von der Pension entfernt. Es gehöre einer Cousine, die nach dem Tod der Eltern nun heiraten und nach San Marino ziehen werde. Groß sei es nicht, aber es verfüge über ein Erdgeschoss und einen ersten Stock mit je zwei Schlafzimmern. Im Parterre befänden sich zudem ein kleines Wohnzimmer, eine Küche und ein Bad.

»Toll!«, rief Henni begeistert aus.

Nina war zuerst nicht wohl bei dem Gedanken, neben den Antonellis zu wohnen, aber als sie gemeinsam mit Raffaella das Haus besichtigten, erwies es sich als perfekt. Die Einrichtung musste teilweise ersetzt werden, aber das konnten sie mit der Zeit in Angriff nehmen. Das Meer war keine hundert Meter entfernt.

»Hier wird Timo seinen Husten ganz schnell los«, sagte Henni, und Nina konnte ihr nur zustimmen.

Die Miete war höher als gedacht, aber wenn beide Wohnparteien ihren Teil dazu beitrugen, könnten sie das Geld aufbringen.

Raffaellas Cousine wartete gespannt ihre Entscheidung ab, und Henni gab ihr schließlich die Hand. »So wurden bei uns in Ostpreußen früher Geschäfte besiegelt«, erklärte sie. »Eigentlich müssten wir vorher in die Hände spucken, aber das lassen wir mal lieber sein.« Zum Glück verstand sie keine der Italienerinnen.

Der Mietvertrag sollte gleich am nächsten Morgen aufgesetzt und unterzeichnet werden, und in spätestens zwei Wochen würden sie einziehen können.

Anschließend ging es zurück in die Boutique, wo Nina ein paar Kleider anprobierte. Sie waren allesamt ein ganzes Stück zu kurz und spannten an den Schultern. Raffaella fragte Henni immer wieder, wann denn nun die Näherin aus Deutschland käme.

Henni versprach, ihr noch am selben Abend zu schreiben.

14. Kapitel

Es war erst acht Uhr morgens, aber Nina musste sich bereits mit einem Tuch die Schweißtropfen von der Stirn tupfen. In der Küche des Grand Hotels herrschte bereits Hochbetrieb, und die Temperatur stieg schon auf über dreißig Grad.

Am heutigen Ferragosto war die Küchenmannschaft in voller Besatzung angetreten, um das große Festessen für den Abend vorzubereiten.

Nina war für den Nudelteig eingeteilt worden, was einer Beförderung gleichkam. Gemeinsam mit zwei anderen Frauen, darunter die freundliche Anna, stand sie an einem der Arbeitstische und walkte mit beiden Händen den Teig. Anrühren durfte sie noch nicht. Nur die Italienerinnen wussten genau, wie viel Mehl, Wasser, Salz und Eier in die Masse eingearbeitet werden mussten, damit später die perfekten Tagliatelle, Ravioli oder Cappelletti daraus entstanden.

Aber selbst das Durchkneten war eine Wissenschaft für sich. Ihr Rücken schmerzte bereits, doch sie ließ sich nichts anmerken. Früher oder später würde sie eine Lösung finden müssen, sonst wäre sie mit fünfzig arbeitsunfähig.

Nina spürte die prüfenden Blicke ihrer beiden Kolleginnen auf sich ruhen. Offenbar machte sie alles richtig und arbeitete genügend Luft in den Teig, denn nach einer Weile ließ deren Aufmerksamkeit nach, und sie plauderten fröhlich miteinander, während ihre Hände wie von selbst arbeiteten. Viel bekam Nina von dem in schnellem Italienisch geführten Gespräch nicht mit, aber immerhin verstand sie schon Worte wie *figlia*, *sposo* und *chiesa*. Sie reimte sich zusammen, dass eine Tochter offenbar heiraten wollte, und lächelte die beiden Frauen an.

Ihr Lächeln wurde erwidert, und Nina war ihnen dankbar, weil sie ihr das Gefühl gaben dazuzugehören.

Wieder musste sie sich kurz den Schweiß abwischen.

Luigi hat sich ganz umsonst gesorgt, dachte sie schmunzelnd. Nach dem heftigen Gewitter Anfang des Monats strahlte nun schon seit zehn Tagen wieder die Sonne vom wolkenlosen Himmel. Wer nicht arbeiten musste, genoss seine Tage am Strand. Nina hatte sich angewöhnt, frühmorgens eine Runde im Meer zu schwimmen. Das tat ihren verkrampften Muskeln gut und gab ihr Energie für den Tag. Außerdem ging sie auf diese Weise Piero aus dem Weg. Der stand erst später auf. Sie frühstückte auch nicht mehr in der Pension, sondern ging vom Strand direkt ins Grand Hotel, zog sich in einer Abstellkammer um, trank einen schnellen Espresso und machte sich an die Arbeit. Ihre neuen Freundinnen sorgten dafür, dass Nina von den Croissants und Brötchen, die von den Gästen nicht angerührt worden waren, etwas abbekam.

Wenn sie spätabends zurückkehrte, war von Piero nichts

mehr zu sehen, und sie war froh darüber. Seinen Italienischkurs schwänzte sie auch. Wenigstens vorübergehend. Sie hoffte einfach, sie würde die Sprache schon irgendwie lernen, wenn sie nur lange genug hier lebte. Wenn etwas Zeit vergangen war, könnte sie vielleicht auch wieder am Unterricht teilnehmen, ohne seinen Zorn zu fürchten.

So war es ihr gelungen, Piero seit ihrem Streit vor zehn Tagen auszuweichen.

Wenn ich ihn nicht sehe, muss ich auch nicht an ihn denken, hatte sie geglaubt. Das stimmte nicht so ganz, aber sie zwang sich, ihm so wenig wie möglich Platz in ihren Gedanken einzuräumen.

Auch von Maurizio Benevento hielt sie sich fern. Seit sie wusste, welch hinterhältiges Spiel er spielte, wollte sie keine Zeit mehr mit ihm verbringen.

Er schien gemerkt zu haben, dass etwas nicht stimmte, denn in den vergangenen Tagen hatte er zunehmend Druck ausgeübt. Ständig rief er in der Pension an, und manchmal lauerte er ihr sogar spätabends am Hinterausgang des Grand Hotels auf. Doch Nina entdeckte ihn jedes Mal schnell genug, um sich wegzuducken. Sie fand, er machte sich lächerlich, aber je mehr sie ihm auswich, desto verbissener stellte er ihr nach.

»Das gefällt mir nicht«, hatte Henni erst gestern Abend zu Nina gesagt. »Du musst wie ein gejagtes Kaninchen hakenschlagend über den Parkplatz rennen, um Maurizio zu entkommen? Was ist mit dem Mann los?«

»Das weiß ich nicht«, hatte Nina, noch immer außer Atem, erwidert. »Aber so langsam wird er mir unheimlich.«

Henni, die bisher immer auf Beneventos Seite gewesen war, hatte zu Ninas Überraschung genickt. »Er scheint völlig auf dich fixiert zu sein. Und ich schätze mal, er glaubt, dass du ihm etwas schuldig bist. Er wird keine Ruhe geben, bis er es bekommt.«

»Was denn? Etwa Informationen über die Pension? Da kann er lange warten.«

»Sei nicht dumm, mein Goldstück. Du weißt genau, was ich meine.«

Daraufhin war Nina blass geworden und hatte sich gefragt, ob ein Maurizio Benevento wohl ein Mann war, der sich zur Not mit Gewalt nahm, was ihm freiwillig nicht gegeben wurde. Allein bei dem Gedanken schauderte sie.

»Hoffentlich können wir bald ausziehen«, hatte sie zu Henni gesagt.

»Nur noch etwas Geduld. Die Grundreinigung ist abgeschlossen, morgen kommen die Möbel. Gleich nach Ferragosto ist es so weit.«

»Hast du Sophie schon geschrieben?«

Henni hatte genickt. »Aber über eines musst du dir klar sein, Nina. Nur, weil du in einem anderen Haus leben wirst, bist du vor Benevento nicht sicher.«

»Ich weiß«, hatte sie kleinlaut erwidert.

Anna legte eine raue Hand auf ihre.

»Basta«, sagte sie freundlich.

Nina begriff, dass sie den Teig schon zu lange knetete, hörte auf und warf Anna einen entschuldigenden Blick zu. Diese lächelte nur und gab ihr die nächste Portion.

Nina machte sich wieder an die Arbeit und konzentrierte sich auf die schönen Dinge in ihrem Leben. Auf die Freundschaft zu Henni, auf das Schwimmen, das ihr Kraft gab, auf das Haus, in das sie in den nächsten Tagen ziehen würde, auf Sophie und Timo, die hoffentlich bald nach Rimini kommen würden. Sie wären dann eine Familie, ohne miteinander verwandt zu sein. Eine Wahlfamilie. Genauso wie Henni und sie es bereits seit Jahren waren.

Nina lächelte und merkte erst auf, als Stefano Galli neben sie trat.

»Da können andere weitermachen«, sagte er und reichte ihr einen großen Bogen Papier. In drei Sprachen stand dort das Menü für den heutigen Abend. Nina überflog es kurz, und ihr schwindelte angesichts der vielen Speisen. Es würde Cappelletti geben, Hummer in Aspik, Lachsforelle und gegrillten Wolfsbarsch. Außerdem Wachteln, gefülltes Huhn, Fasan, in Scheiben geschnittenes kaltes Rindfleisch, Schweinemedaillons mit Buttersoße, Leberpastete und vieles mehr.

Und erst die Nachspeisen: Von den klassischen Crostate – Mürbeteigtorten mit Marmelade oder Nougatcreme – über Trüffeleis und Tiramisu, ein ganz besonderes italienisches Dessert, das sie noch nie probiert hatte, bis zu kleinen, mit Schokolade überzogenen Windbeuteln würde es alles geben, was das Herz der Naschkatzen begehrte. Zuletzt würde auch noch Ananas in verschiedenen Varianten serviert, und Nina dachte an den Tag zurück, an dem sie für Henni eine Dose Ananas mit nach Hause gebracht hatte.

War das wirklich erst zwei Monate her? So viel war seitdem geschehen, dass sie meinte, es müssten Jahre vergangen sein.

Beim Anblick all der Speisen lief ihr das Wasser im Mund zusammen, und sie musste ein paarmal schlucken.

Stefano Galli lächelte. »Es wird genügend übrig bleiben, so dass wir hier unten in der Küche ebenfalls ein Fest feiern werden«, versprach er.

Er bemerkte ihren zweifelnden Blick und fügte hinzu: »Selbstverständlich werden Sie dabei sein. Sie sind jetzt ein Teil der Mannschaft. Übrigens ist Ihre Probezeit vorbei. Herzlichen Glückwunsch.«

»Wirklich?« Sie spürte, wie sie vor Freude rot anlief, hoffte jedoch, ihr Chef würde es auf die Hitze schieben. »Aber ich bin doch erst seit einem Monat hier.«

»Das genügt mir vollkommen. Sie sind fleißig, beklagen sich nie und kommen gut mit Ihren Kollegen aus. Und ab morgen bekommen Sie größere Aufgaben zugewiesen. Sind Sie dafür bereit?«

»Selbstverständlich«, erwiderte Nina und stellte zu ihrer Freude fest, dass ihre Stimme nicht zitterte.

»Gut, dann sind wir uns einig. Und bringen Sie bitte dem Direktor das Menü zur letzten Abnahme.«

»Ich?«

»Ja, bitte. Alle anderen sind unabkömmlich.«

»In Ordnung.«

Eines Tages, so hoffte sie, würde sie auch einmal unabkömmlich in der Küche sein, aber bis es so weit war, führte sie den Auftrag gern aus.

Rasch streifte Nina den Kittel und die Haube ab, fuhr sich durchs Haar, nahm die Menükarte und eilte die Treppen hinauf.

Staunend blieb sie stehen. Bisher hatte sie die große Empfangshalle noch nicht zu Gesicht bekommen. Riesige Perserteppiche lagen auf dem Marmorfußboden, klassische Säulen teilten die Halle in verschiedene Abschnitte, und elegant geschwungene Sofas und Sessel luden zum Verweilen ein. Von der Decke hingen riesige Kristalllüster, und hohe Türen gingen in die angrenzenden Säle ab.

In der Pension Da Graziella riefen Mütter laut nach ihren Kindern, pflegten die Väter nervös eine filterlose Muratti zu rauchen, weil die Familie nicht aufbruchbereit war, rannten die Kinder wild hin und her.

Im Grand Hotel hingegen benahm man sich gesittet. Die Damen rückten ihre wagenradgroßen Sonnenhüte zurecht, die Herren wirkten in weißen Hosen und hochmodernen Polohemden so leger, wie es ihnen möglich war, und die lieben Kleinen trugen brav ihr Sommerkleidchen oder ihre kurzen Hosen zur Schau.

Nina blickte zu den hohen, stuckverzierten Decken auf, bewunderte das Glitzern der Kronleuchter und wünschte sich für einen Moment, in diese Welt zu gehören.

Das Leben könnte so einfach sein, wenn die größte Sorge die war, welcher Hut am besten zum Kleid passte. Aber schon im nächsten Moment musste sie schmunzeln.

Sie war noch nie auf andere Menschen neidisch gewesen und würde heute nicht damit anfangen. Außerdem: Wer behauptete denn, dass die Reichen keine Probleme hatten?

Sie fasste die Menükarte ein bisschen fester und durchquerte die Halle, um zum Büro des Direktors zu gelangen. Dabei hielt sie sich am Rand, damit sie keinem Gast in die Quere kam, und schlüpfte dann, so schnell es ging, durch eine Seitentür, lief einen vergleichsweise unscheinbaren Korridor entlang und erreichte schließlich das Vorzimmer.

Die Sekretärin trug ihr graues Haar in einem straffen Nackenknoten und blickte Nina streng über den Rand ihrer Brille hinweg an. Nina wartete, während die Sekretärin mit der Menükarte ins Büro ihres Chefs ging.

Keine fünf Minuten später war sie wieder da und ließ ausrichten, der Direktor sei mehr als einverstanden und schicke dem Chefkoch sein Kompliment. Er empfehle lediglich, zwischen den Fisch- und den Fleischgängen ein Zitronensorbet zu servieren – der besseren Verdauung wegen.

Zufrieden machte sich Nina auf den Rückweg.

Stefano Galli strahlte über das ganze Gesicht, als sie ihm das Lob ausrichtete.

»Bene!«, rief er.

Er klopfte Nina auf die Schulter, ganz so, als habe sie persönlich den Direktor überzeugt, und rief der Küchenmannschaft zu, das Menü sei abgenommen und die Arbeit laufe planmäßig weiter.

Da aller Teig inzwischen geknetet war, half Nina nun beim Ausrollen. Erneut schauten die Frauen skeptisch, und tatsächlich tat Nina sich zunächst schwer mit dem ungewohnten Nudelholz. Es hatte keine Griffe, war einen halben Meter lang, und sein Durchmesser war viel geringer, als sie es von zu Hause kannte. Aber schnell hatte sie den Dreh raus: Nur mit der flachen Hand rollen und fast die ganze Länge des Holzes ausnutzen.

Anna und ihre Kolleginnen lobten Nina und versprachen ihr, sie würden ihr an einem ruhigen Tag auch das Falten der Cappelletti beibringen.

Bis zum Abend herrschte in der Küche angespanntes, aber zugleich planmäßiges Arbeiten.

Oben wurden nicht nur auf der Terrasse, sondern auch im Park die Tische eingedeckt – so viele Gäste wurden erwartet.

Schließlich begann das große Festessen, und Nina, die wie die anderen Frauen hauptsächlich an den Vorbereitungen der Speisen beteiligt gewesen war, konnte ein wenig zur Ruhe kommen.

Hin und wieder drang Musik bis hinunter in die Küche, und sie fragte sich, wie es wohl wäre, dort oben mit den anderen Gästen zu feiern.

Einen Vorgeschmack hatte sie dank Maurizio Benevento ja bereits bekommen. Wenn er sie ausführte, dann ging es stets in vornehme Restaurants, und bei zwei Gelegenheiten wurde nach dem Essen auch getanzt.

Nina schüttelte sich, als sie daran dachte, wie Benevento sie an sich gepresst hatte.

Dann doch lieber hier unten in der Küche sein und dafür meine Ruhe vor seinen Avancen haben, dachte sie.

Spät am Abend ließ die Hektik in der Küche nach. Die Gäste waren inzwischen bei den Desserts angelangt, und die Mannschaft veranstaltete ihr eigenes Festessen. Wie Stefano Galli vorhergesagt hatte, waren Unmengen von Speisen übrig geblieben, und bald hielten sich alle stöhnend die Bäuche. Flaschenweine, die nicht geleert worden waren, wurden ausgeschenkt, sogar Champagner gab es, und niemand störte sich daran, dass der edle Tropfen aus einfachen Wassergläsern getrunken wurde.

Irgendwann fielen Nina schon fast die Augen zu, und sie stand auf.

»Wo wollen Sie hin?«, fragte Galli.

»Ich bin müde«, erklärte sie entschuldigend.

»Das sind wir alle, aber niemand geht vor dem Feuerwerk.«

»Feuerwerk?« Sie sah sich unter den Kollegen um und bemerkte, dass die Mannschaft tatsächlich noch vollzählig war.

»Das dürfen Sie auf keinen Fall verpassen«, erklärte Galli. »Sämtliche Angestellten versammeln sich in einer Ecke des Parks. Das Feuerwerk wird auf einem Schiff weit draußen auf dem Wasser gezündet. Es ist ein einmaliges Schauspiel.«

Nina unterdrückte ein Gähnen und nickte. Sie war lange genug die Außenseiterin gewesen. Wenn das gesamte Personal an dem Spektakel teilnahm, würde sie es ebenfalls tun.

Eine halbe Stunde später versammelten sich Köche und Zimmermädchen, Kellner und Empfangsdamen, Pagen und Sekretärinnen im Park, gleich neben dem Ausgang. Nina fragte sich zwar, warum sie nicht einfach hinaus auf die große Piazza dell'Indipendenza gingen, die vor dem Hotel lag, aber sie sagte nichts. Offenbar sollte auf diese Weise das Gemeinschaftsgefühl des Hotelpersonals gestärkt werden. Und es klappte. Es wurde fröhlich geplaudert, und der eine oder andere Kochlehrling machte den jüngeren Zimmermädchen schöne Augen.

Die meisten Leute kannte Nina höchstens vom Sehen, aber sie entdeckte die junge Maria, die ihr kurz nach ihrer Ankunft im Juli die Hintertür zum Grand Hotel geöffnet hatte. Ganz in ihrer Nähe stand die erste Hausdame Rosanna Ferri und achtete auf das Mädchen. Sogar die Direktionssekretärin war erschienen, wirkte jedoch genauso streng und unnahbar wie am Vormittag. Den Direktor selbst konnte Nina nirgends ausmachen. Sie nahm an, er feiere mit den Gästen. Ganz so weit reichte das Gemeinschaftsgefühl dann wohl doch nicht.

Von irgendwoher wurden weitere Weinflaschen gezaubert, und als die ersten Raketen in den Himmel schossen, riefen die Angestellten »Oh!« und »Ah!« – nicht anders als die Gäste.

Selbst Nina war gefesselt von dem Anblick.

Bunt und glitzernd erhellte das Feuerwerk den Nachthimmel. Die Farben und Formen spiegelten sich auf der ruhig daliegenden Adria wider und machten aus einer pyrotechnischen Vorstellung ein magisches Erlebnis.

Nina sah, wie einige der älteren Kollegen ein paarmal erschrocken zusammenzuckten. Auch sie selbst musste schaudernd an die Leuchtraketen der Alliierten im Krieg denken. Doch dann schob sie die Erinnerung energisch beiseite. Es war an der Zeit, die Vergangenheit endgültig ruhen zu lassen.

Nina stieß noch einmal mit Stefano Galli an und entfernte sich dann langsam. Noch leuchtete das Feuerwerk am Nachthimmel, und sie hoffte, sie könnte sich unbemerkt davonstehlen.

Für ein paar Minuten wollte sie allein sein und das wunderbare Schauspiel auf sich wirken lassen.

Weit kam sie nicht. Jemand näherte sich ihr von der Seite.

Maurizio Benevento.

Sein weißer Smoking wies einige Flecken auf, die Fliege aus silbernem Satin hing aufgebunden herab, die obersten Hemdknöpfe waren geöffnet.

Der Mann wirkte leicht derangiert. Womöglich war er nicht allein gewesen, sondern hatte sich hinter den Oleanderbüschen mit einer Frau vergnügt, die williger war als Nina.

Allerdings wirkte er nicht zufrieden, sondern aufs Äußerste erregt.

Vielleicht doch nicht so willig, dachte sie.

Er trat auf sie zu, drohend fast, und sagte mit heiserer Stimme: »Du hättest mit mir zum Fest gehen sollen, schöne Nina.«

»Seit wann duzen wir uns?« Der viele Wein machte sie mutig – und unvorsichtig. »Ich möchte doch lieber beim Sie bleiben. Wie Sie wissen, bin ich zum Arbeiten hier, nicht zum Vergnügen.«

»Aber an mein Vergnügen denkt niemand.«

Maurizios Stimme klang jetzt zornig, und er trat einen weiteren Schritt auf sie zu.

Nina wich zurück. Sie verstand nicht, was gerade passierte. Bisher hatte sie noch nie Angst vor diesem Mann gehabt. Ihre Gefühle hatten zwischen Dankbarkeit, Freundschaft, sogar ein wenig Verbundenheit und zuletzt leiser Abneigung geschwankt. Aber Angst? Die war neu.

Du bist albern, schimpfte sie im Stillen mit sich selbst. Maurizio hatte vielleicht etwas zu viel getrunken, aber er würde ihr niemals etwas tun. Oder doch?

Unwillkürlich trat sie einen Schritt zurück.

Plötzlich tauchte Anna auf, zusammen mit einer anderen Köchin. Sie redeten mit Nina, lachten und erregten die Aufmerksamkeit anderer Frauen, die sich sogleich zu ihnen gesellten. Die erste Hausdame, die junge Maria, sogar die Sekretärin und noch ein paar Frauen aus der Küche lösten sich aus der großen Gruppe des Personals, bildeten einen lockeren Kreis um Nina, plauderten und drängten Maurizio Benevento wie unbeabsichtigt fort von ihr.

»Spielen Sie mit«, raunte Rosanna Ferri ihr zu. »Lächeln Sie und nicken Sie den anderen zu.«

»Was passiert hier?«, fragte Nina verwirrt.

»Das ist unsere Art, eine von uns zu schützen«, erwiderte die erste Hausdame und lachte dann, als hätte die *tedesca* einen Witz gemacht.

Nina zwang sich mitzulachen.

Eine von uns, dachte sie und musste gegen die Tränen ankämpfen. Eine von uns.

Sie sah aber auch, dass Benevento die Taktik der Frauen durchschaute. Er würde sich das sicher nicht bieten lassen.

Benevento war ein mächtiger Mann. Ein Wort von ihm, und man war seine Stelle los. Wie ginge es dann weiter, ausgerechnet jetzt, da der Sommer bald vorbei war?

Das Grand Hotel war eines der wenigen Häuser, die ganzjährige Verträge schlossen. Wie sollte man über den Winter kommen, wo doch alle anderen Familienmitglieder nur saisonal Arbeit fanden?

Nina wollte nicht schuld daran sein, wenn eine dieser tapferen Frauen gefeuert wurde. Gerade wollte sie alle wegschicken, als sie fest am Arm gegriffen wurde.

»Wo kommst du denn her?«, fragte sie.

»Ich warte schon seit Stunden auf dich«, erwiderte Piero ungerührt. »Können wir endlich gehen?«

»Ähm … Ja.«

Sie lächelte den Frauen beruhigend zu. Aber das war gar nicht nötig. Die Antonellis waren wohlbekannt in Rimini, und den freundlichen Piero hätte so manche Familie gern als Schwiegersohn begrüßt.

Erleichtert ließen die Frauen nun von Nina ab und gesellten sich wieder zum übrigen Personal.

Nina folgte Piero auf die Piazza, während Maurizio Benevento zunächst unschlüssig stehen blieb.

Er wollte ihnen folgen, doch da erschien Henni an seiner Seite und zog ihn in Richtung Terrasse. Gegen eine fest entschlossene Ostpreußin war er machtlos, wenn er kein Aufsehen erregen wollte.

Nina folgte Piero zur Pension.

Das Feuerwerk war inzwischen verloschen, die Magie am Nachthimmel war vorbei.

»Wie kann es sein, dass du genau im richtigen Moment aufgetaucht bist?«, fragte sie ihn.

Erst schien er nicht antworten zu wollen, aber dann sagte er: »Henni hat mich bekniet, ein bisschen auf dich aufzupassen. Sie hat gesagt, sie hätte im Gefühl, wenn Ärger droht.«

»Und dann hast du stundenlang vor dem Hotel gestanden?«

Er zuckte kurz mit den Schultern. »Das Feuerwerk konnte ich auch von dort aus sehen.«

Ein warmes Gefühl breitete sich in ihrem Innern aus.

Sie wollte nach seiner Hand greifen, ihm irgendwie begreiflich machen, wie dankbar sie ihm war. Vielleicht würde sie sogar ihren ganzen Mut zusammennehmen und ihm gestehen, dass sie trotz allem, was zwischen ihnen vorgefallen war, tiefe Gefühle für ihn hegte.

Doch dann wurde eine letzte vergessene Rakete abgeschossen. Es war ein Regen aus silbernen Sternen, und in der plötzlichen Helligkeit sah Nina Pieros Gesicht. Er wirkte verärgert, beinahe zornig.

Schnell rückte sie ein Stück von ihm ab, und kaum hatten sie die Pension erreicht, verschwand sie nach oben.

15. Kapitel

Sophie von Bareis und ihr Sohn Timo trafen am letzten Sonntag im August in Rimini ein. Übernächtigt stiegen sie morgens um zehn aus dem Nachtzug aus München.

Nina entdeckte sie als Erste. Sie hatte mit Henni seit sieben Uhr früh gewartet. Alle halbe Stunde war eine neue Verspätung angekündigt worden. Sie hatten im Bahnhofscafé mehr Cappuccino getrunken, als ihnen guttat, und Henni war nervös auf dem Bahnsteig hin und her gelaufen.

Erst vor wenigen Minuten hatte sie zu Nina gesagt: »Hast du ein paar Gettoni? Ich will in Hamburg anrufen, um zu hören, ob sie überhaupt abgefahren sind. Vielleicht haben sie es ja im letzten Moment mit der Angst gekriegt.«

Das einzige Telefon im Barmbeker Mietshaus besaß ein Handelsvertreter, dessen Frau es nicht gern sah, wenn die halbe Nachbarschaft angerufen wurde.

Nina hatte den Kopf geschüttelt und versucht, die Freundin zu beruhigen. »Ich glaube, jetzt dauert es nicht mehr lange. Und solche Telefonmünzen habe ich sowieso nicht bei mir.«

»Ich könnte im Café welche eintauschen.«

»Jetzt warte doch noch ein bisschen. Sophie hat auf mich von Anfang an einen sehr entschlossenen Eindruck gemacht. Ich bin sicher, dass sie nicht gekniffen hat.«

Nina hatte ein Gähnen unterdrückt. Gestern Nacht hatte sie besonders lange gearbeitet, und es machte sich bemerkbar, dass sie an ihrem heutigen freien Tag nicht hatte ausschlafen können.

Dann war der Zug eingefahren.

»Hallo!«, rief Nina. »Hier sind wir!«

Sie hatte Sophie und Timo entdeckt, die steifbeinig aus dem letzten Waggon gestiegen waren, und rannte ihnen bereits entgegen.

»Immer schön langsam«, sagte Henni. »Eine alte Frau ist kein D-Zug.«

Trotzdem trabte auch sie los, und sie kamen beinahe gleichzeitig bei der kleinen Familie an.

»Mensch!«, stieß Timo aus. »Wir dachten schon, wir kommen nie an.«

Er fiel erst Nina um den Hals, dann Henni. Im nächsten Moment war ihm sein Gefühlsausbruch peinlich, und er machte einen Schritt zurück, während er schnell weitererzählte: »Von Hamburg nach München ging alles glatt. Um sieben Uhr früh sind wir am Hauptbahnhof eingestiegen und um acht Uhr abends in München angekommen. Wir haben sogar gleich unseren zweiten Zug gefunden und ein Abteil ergattert, in dem man für die Nacht die Sitze ausfahren kann.«

Ein Hustenanfall unterbrach ihn, und Sophie klopfte ihm besorgt auf den Rücken. Dann gab sie Henni und Nina zur Begrüßung die Hand.

»Ihr braucht beide eine Stärkung«, entschied Henni, die mit Sophie bereits per Du war. »Wir gehen erst mal frühstücken.«

Sophies Augen leuchteten auf. Etwas derart Vornehmes hatte sie vermutlich seit Vorkriegszeiten nicht mehr unternommen.

Weil das Bahnhofscafé am nächsten war, gingen sie wieder dorthin, und nachdem Sophie und Timo zwei ofenwarme Croissants gegessen und einen Cappuccino getrunken hatten, übernahm Sophie den weiteren Reisebericht: »Der Zug fuhr mit einer Stunde Verspätung ab, doch der Schaffner versprach uns, die verlorene Zeit könnte wieder aufgeholt werden. Bloß gab es an der Grenze nach Österreich einen langen Aufenthalt. Warum, haben wir nicht verstanden.«

»Wahrscheinlich dauert es seine Zeit, bis die Kontrolleure durch den Zug gegangen sind«, meinte Nina nachdenklich.

Timo, der schon wieder einen Kaugummi im Mund hatte, nickte heftig. »Mich haben sie geweckt, um mir mitten ins Gesicht zu leuchten. Dabei habe ich so schön fest geschlafen.«

Seine Mutter sah nicht so aus, als hätte sie auch nur ein Auge zugetan. »An der Grenze nach Italien hat der Zug sogar noch länger gestanden.«

»Nun sind Sie ja da«, meinte Nina. »Das ist doch die Hauptsache.«

»Ja. Es war eine ziemlich lange Reise«, erwiderte Sophie und dachte dabei wahrscheinlich nicht nur an diese Zugfahrt, sondern an ihre jahrelange Odyssee, die in der DDR begonnen und sie über das Auffanglager Friedland und die Notunterkunft in Rothenburgsort erst nach Barmbek und plötzlich über die Alpen nach Italien geführt hatte.

Nina war voller Mitgefühl für diese tapfere Frau, und sie sah, dass Sophie nur mühsam ein Gähnen unterdrückte.

»Ihr seid bleich wie Kellerkinder«, stellte Henni in ihrer unverblümten Art fest.

Sophie lächelte schüchtern, schien aber nicht zu verstehen. Sie war in einer Welt aufgewachsen, in der blasse Haut als vornehm galt. Braun waren allein die Bauern und Landarbeiter.

Nina legte ihr eine Hand auf den Arm. »Hier gilt Sonnenbräune als schick.«

Ihre eigene Haut zeigte nur eine leichte Tönung. Früh am Morgen, wenn sie schwimmen ging, schien die Sonne noch nicht so stark. Henni hingegen hätte als Italienerin durchgehen können, wenn da nicht ihre leuchtend grünen Augen gewesen wären.

»Ich will auch schön braun werden«, erklärte Timo begeistert. »Können wir gleich an den Strand? Ich brauche nur eine Badehose.«

Nina lachte. »Immer schön langsam mit den jungen Pferden. Erst einmal zeigen wir Ihnen das Haus. Haben Sie noch Gepäck aufgegeben, oder ist das alles?« Sie deutete auf einen abgestoßenen Pappkoffer und einen alten Armeerucksack.

»Das ist alles«, erwiderte Sophie und schaute angestrengt in ihre leere Kaffeetasse.

»Prima«, meinte Nina schnell. »Wir hatten auch nicht viel mehr mit. In Hennis Isetta war ja kaum Platz.«

»Beleidige nicht meine brave Elly«, verlangte Henni, ohne den Neuankömmlingen zu verraten, was es mit dem Namen auf sich hatte.

Sophie seufzte. »Ich hätte so gern die schöne Nähmaschine mitgebracht. Aber der Transport mit der Bahn hätte Unsummen gekostet.«

»Das macht überhaupt nichts«, erwiderte Nina. »Henni hat Ihnen ja geschrieben, dass Sie sie der Frau des Handelsreisenden überlassen sollen. Als Dank für ihre Telefondienste. Und Raffaella stellt Ihnen alles zur Verfügung, was Sie brauchen.«

Sophie nickte, wirkte aber eingeschüchtert. Dennoch erkannte Nina ein kraftvolles Funkeln in ihren Augen.

Wer den Krieg und die Jahre der Not erlebt hatte, der ließ sich nicht so schnell entmutigen.

»Wo ist eigentlich der stinkreiche Italiener?«, fragte Timo. »Der mit dem tollen roten Auto?«

Nina spürte, wie ihr die Röte ins Gesicht stieg, und sie bemerkte, dass Sophie sie aufmerksam beobachtete. Zum Glück kam Henni ihr zu Hilfe. »Du bist ein ziemlich vorlauter junger Mann. Wie ist es, schaffst du noch ein Croissant?«

»Was für eine Frage«, gab Timo grinsend zurück und ließ das Thema vorerst fallen.

Schließlich machten sie sich auf den Weg. Nina trug den Koffer. Dank ihrer Arbeit war sie die Kräftigste im Quartett. Timo wurde regelmäßig von Hustenanfällen geschüttelt, Henni schulterte den Rucksack, und Sophie sah aus, als könne sie gerade so einen Fuß vor den anderen setzen.

»Hätten wir besser ein Taxi nehmen sollen?«, fragte Nina Henni leise, während sie in den breiten Boulevard Viale Principe Amedeo einbogen, der zur Piazza dell'Indipendenza führte.

»Quatsch. Viel zu teuer. Und die Bewegung tut ihnen gut.«

Tatsächlich weckte die warme südliche Luft die Lebensgeister der beiden Neuankömmlinge.

Sophie richtete sich nach und nach auf und schritt flotter voran, Timo atmete besser durch und war den anderen bald voraus. Mehr als einmal musste Nina ihn ermahnen, stehen zu bleiben, damit sie ihn nicht aus den Augen verloren.

Sie selbst vergaß ebenfalls ihre Müdigkeit und freute sich, weil nun ein neuer Lebensabschnitt begann. Sophie würde mit ihrer freundlichen Art stets darauf bedacht sein, alles richtig zu machen. Und Timo würde mit seinem jugendlichen Überschwang ordentlich Leben in die Bude bringen.

»Ich kann das Meer riechen«, rief er zehn Minuten später aufgeregt.

»Das stimmt«, sagte Nina. »Aber hier müssen wir abbiegen. Wir sind gleich da.«

Leise murrend ergab sich Timo seinem Schicksal, aber es war ihm anzusehen, dass er es nicht abwarten konnte, die Adria zu sehen. Nina konnte ihn verstehen, schließlich war es ihr vor sechs Wochen ganz genauso gegangen.

Das Haus war ein schmuckloser, quadratischer Nachkriegsbau – dennoch standen Sophie und Timo mit offenen Mündern davor.

»Hier werden wir wohnen?«, vergewisserte sich Sophie.

»Ja«, sagte Henni. »Ihr bekommt die beiden Zimmer im ersten Stock. Nina und ich wohnen unten.«

»Im ersten Stock«, wiederholte Sophie ehrfürchtig. »Das ist wundervoll.«

Henni lachte. »Freu dich nicht zu früh. Da oben ist es jetzt im Sommer ziemlich heiß.«

»Das macht uns nichts aus. Wir haben viel zu lange gefroren.«

Nina schluckte einen Kloß im Hals hinunter, als sie an das Elend dachte, das Sophie und Timo in den vergangenen Jahren ertragen hatten.

Henni schien es ähnlich zu gehen. Sie blickte von Sophie zu Timo, und in ihren Augen glitzerten Tränen. Dann schloss sie mit großer Geste die Eingangstür auf und ließ die kleine Familie eintreten. Nina schleppte den Koffer die Treppe hinauf.

Oben angekommen, freuten sich Mutter und Sohn über die mit schlichten Kiefernmöbeln eingerichteten Schlafzimmer.

»Bad und Küche sind unten«, erklärte Nina. »Wir haben auch ein kleines Wohnzimmer, das Sie gern mitbenutzen können.«

»Das … ist doch nicht nötig«, stammelte Sophie, während Timo bereits halb aus dem Fenster hing und versuchte, das Meer zu entdecken.

»Keine Widerrede«, sagte Henni. »Wir sind jetzt eine Familie.«

Daraufhin schimmerten auch Sophies Augen auf einmal verdächtig feucht, und Nina zog Henni schnell die Treppe hinunter.

»Sie soll sich erst mal eingewöhnen.«

»Ich hätte eben auch schon fast angefangen zu heulen.«

Da es mittlerweile auf zwölf Uhr zuging, begab sich Nina in die kleine Küche und machte sich daran, eine klassische Nudelsoße der Emilia-Romagna zuzubereiten. Dazu vermischte sie Hackfleisch von Rind, Schwein und Kalb mit etwas durchwachsenem Bauchspeck und zerkleinerte eine Zwiebel, eine Karotte und eine Stange Bleichsellerie. In einer Pfanne ließ sie Butter aufschäumen, gab das Gemüse und dann das Fleisch hinzu und vermischte alles gründlich. Sie goss etwas trockenen Rotwein und anschließend Tomatensoße an, würzte mit Salz und Pfeffer und ließ die Soße zugedeckt leise köcheln, wobei zwischendurch noch etwas Milch dazukam.

Stefano Galli hatte ihr erklärt, dass dies das ursprüngliche Rezept für das sogenannte Ragù war. Inzwischen gäbe es eine ganze Reihe von Varianten – mit Steinpilzen, mit rohem Schinken, mit Hühnerleber, mit Sahne statt Milch. Die Möglichkeiten seien unendlich. Aber diese Basis-Soße sei unschlagbar und könne mit verschiedenen Nudelsorten gegessen oder mit dünnen Teigblättern zu köstlicher Lasagne geschichtet werden.

Nina gab gerade zwei Packungen Spaghetti in einen großen Topf mit kochendem Wasser, als Timo die Treppe heruntergesprungen kam.

Er schnupperte, und sein Magen knurrte vernehmlich.

»Wie kannst du schon wieder Hunger haben?«, fragte Henni, die bei offener Tür im Wohnzimmer saß und in einem italienischen Modemagazin blätterte. »Du hast vor knapp zwei Stunden drei mit Schokoladencreme gefüllte Croissants gegessen.«

Timo grinste schief. »Ich brauche viel Nahrung. Ich bin noch im Wachstum.«

»Du bist doch jetzt schon gut über eins achtzig.«

»Eins dreiundachtzig«, sagte Timo stolz.

»Und wie alt bist du genau?«

»Fast fünfzehn.«

»Also vierzehn. Na, das kann ja was werden. Nina, wahrscheinlich müssen wir demnächst ein höheres Haus mieten.«

»Sie veräppeln mich.«

»Gut erkannt. Wo ist deine Mutter?«

»Sie schläft. Ich habe versucht, sie zu wecken, aber da ist nichts zu machen.«

»Lass sie schlafen«, mischte sich Nina ein. »Ich werde ihr von dem Essen eine Portion aufheben.«

Sie goss die Spaghetti ab und vermischte sie in der Pfanne mit der Soße.

Parmesankäse hatten sie nicht. Der kostete ein Vermögen, und schon das Fleisch war teuer gewesen.

Zu dritt setzten sie sich an den Küchentisch.

In der Mitte stand die dampfende Pfanne auf einem Untersetzer, und Nina füllte die Teller.

»Sieht lecker aus!«, rief Timo. »Aber wie zum Kuckuck kriege ich diese langen Würmer in den Mund?«

Nina und Henni lachten. Sie beide waren längst Profis darin, Spaghetti gekonnt auf eine Gabel zu rollen, aber Timo musste es noch lernen. Allerdings nicht heute, fanden sie beide.

Nina holte ihm schnell ein Messer, dazu noch einen Löffel. »Schneide sie einfach klein und iss sie, wie du willst.«

Er tat es mit der Hälfte der Portion auf seinem Teller, doch als der erste Hunger gestillt war, ahmte er Henni und Nina nach. Schon bald hatte er den Bogen raus.

»Du bist ein Naturtalent«, lobte ihn Henni. »Du wirst dich in Italien schnell zurechtfinden.«

Timo strahlte vor Stolz, doch Nina sorgte sich. Ganz sicher würde für ihn nicht alles glattlaufen. Aber er war jung. Sie hoffte, er würde mit den Widrigkeiten des neuen Lebens schon zurechtkommen.

Weil er so lange bettelte, erklärte Henni sich schließlich bereit, mit ihm an den Strand zu gehen. »Eine Badehose besorgen wir dir auf dem Weg. Und Sonnencreme.«

»Was für 'n Zeug?«

»Du musst deine Haut schützen, sonst bist du morgen knallrot.«

»Okay«, sagte Timo gedehnt.

Nina blieb lieber zu Hause. Sie wollte nicht, dass Sophie aufwachte und sich verlassen fühlte. Außerdem war sie selbst todmüde. So ließ sie das Geschirr einfach stehen und legte sich in ihrem kleinen Schlafzimmer aufs Bett. Die Türen ließ sie offen – für den Fall, dass Sophie nach ihr rief.

16. Kapitel

Stunden später wachte Nina von Tellerklappern auf. Sie ging zu Sophie in die Küche.

»Was machen Sie da?«, fragte sie, obwohl es offensichtlich war.

»Entschuldigung. Ich wollte Sie nicht wecken.«

»Wie spät ist es?« Nina warf einen Blick zur Wanduhr neben dem Küchenfenster. Sie war ein Geschenk von Luigi Antonelli. Eines von vielen. Der Pensionsbesitzer tat sich schwer mit ihrem und insbesondere Hennis Auszug. Fast jeden Tag kam er vorbei und brachte ihnen etwas mit. Mal einen Teppichläufer, mal eine Blumenvase, mal einen Kochtopf.

»Wenn er so weitermacht, ist seine Pension bald ausgeräumt«, hatte Henni gesagt.

Nina war gerührt, glaubte aber nicht, dass Luigi auf diese Weise die angebetete Henni noch für sich gewinnen konnte.

Sie rieb sich über die Augen. »Schon nach sechs. Dann habe ich ja mehr als vier Stunden geschlafen.«

»Ich auch«, gestand Sophie, fischte einen Teller aus dem Spülwasser und trocknete ihn ab. Sie hatte sich umgezogen und trug nun ein schlichtes Sommerkleid. Ihr mausbraunes Haar hatte sie in einem Nackenknoten zusammengebunden.

»Es ist mir sehr unangenehm«, fügte sie hinzu.

»Warum?« Nina nahm ein zweites Geschirrtuch und trocknete einen weiteren Teller ab.

»An meinem ersten Tag sollte ich aufmerksam und begeistert sein. Stattdessen bin ich nur müde.«

»So ein Unsinn«, ereiferte sich Nina. »Erstens haben wir beide geschlafen, wie wir gerade festgestellt haben, und zweitens gibt es meines Wissens keine Regeln für einen Neuanfang in einem anderen Land.«

»Danke«, sagte Sophie leise. »Wissen Sie, wo Timo ist?«, fragte sie dann. »Normalerweise hinterlässt er mir eine Nachricht.« Sorge schwang in ihrer Stimme mit.

»Der ist mit Henni am Strand. Das Schlimmste, was ihm passieren kann, ist ein kräftiger Sonnenbrand.«

»In Ordnung.« Sophies Schultern, die eben noch angespannt gewirkt hatten, sackten herab.

Nina lächelte. »Wollen wir mit dem Siezen aufhören?«

Sie holte eine Flasche Rotwein aus der kleinen Abstellkammer und goss zwei Gläser halb voll. »Prost. Ich bin Nina.«

»Sophie.«

Sie stießen miteinander an, und dann bedeutete Nina ihrer neuen Freundin, sich hinzusetzen.

»Du musst Hunger haben.«

»Ein wenig«, gestand Sophie.

Nina entzündete bereits die Gasflamme auf dem Herd

und holte die Pfanne mit den Spaghetti aus dem Kühlschrank.

Sie regulierte die Flamme und rührte die Nudeln mit dem Holzlöffel um.

»Eigentlich muss Pasta ja al dente, also bissfest, sein. Ich fürchte, deine Spaghetti sind jetzt ziemlich weich. Ein Italiener würde so ein aufgewärmtes Essen nicht anrühren.«

»Nun, dann bleibe ich wohl vorerst Deutsche«, gab Sophie ungerührt zurück. »Zu viel Weltgewandtheit kann ich mir nicht leisten.«

Sie schnitt ihre Nudeln klein.

»Ausgezeichnet«, lobte sie, nachdem sie sich den ersten Bissen in den Mund geschoben hatte. »Das ist das Beste, das ich seit Langem gegessen habe.«

Schließlich weichte Nina die leere Pfanne ein, und sie zogen ins Wohnzimmer um.

»Erzähl mir, wie es hier so ist«, bat Sophie, und mit einem Mal schwang in ihrer Stimme eine leise Furcht vor dem Neuanfang mit.

Nina wollte das Leben in Italien in den schönsten Farben schildern, um es ihr leichter zu machen. Aber dann entschied sie sich, ehrlich zu sein.

»Es ist nicht immer leicht«, gab sie zu. »Ich habe hart um die Anerkennung der Kollegen kämpfen müssen, doch inzwischen verstehen wir uns gut. Es wird aber noch seine Zeit dauern, bis ich mich als vollwertiges Mitglied der Küchenmannschaft fühlen werde. Da ist zum einen die Sprachbarriere, die nur langsam fällt, dann die Tatsache, dass ich eine Deutsche bin. Schließlich kommt noch hinzu, dass ich eine Frau bin. Henni hingegen hat es spielend geschafft, sich anzupassen.«

»Sie muss sich ja auch nicht in die Arbeitswelt einfügen«, wandte Sophie ein.

Nina lächelte ihr dankbar zu. »Anfangs hat mich mein Rücken fast umgebracht. Die Arbeitstische sind hier wirklich sehr niedrig. Aber seit ich fast jeden Morgen schwimme, fühle ich mich besser.«

Sophie nickte anerkennend.

»Du wirst auch zurechtkommen«, versprach Nina. »Du hast schon so viel überstanden. Raffaella, das ist die Boutiquebesitzerin, ist eine sehr angenehme Frau, und sie wird sehr froh sein, wenn sie endlich eine fest angestellte Näherin hat.«

»Weißt du zufällig, ob sie Französisch spricht?«, fragte Sophie.

»Keine Ahnung. Oder doch, warte mal. Henni hat erzählt, dass sie ein Jahr in Paris gelebt hat und regelmäßig hinfährt, um sich über die neuesten Modetrends zu informieren. Es heißt ja, demnächst wird auch Mailand eine Modemetropole werden, aber Raffaella glaubt noch nicht daran. Warum fragst du? Sprichst du denn Französisch?«

»Selbstverständlich«, erwiderte Sophie und verriet einmal mehr eher ungewollt ihre vornehme Herkunft.

»Prima«, sagte Nina. »Dann könnt ihr euch ja von Anfang an verständigen.«

Bei sich dachte sie: Sophie wird es schaffen. Sie hat sich schon gut überlegt, wie sie Anfangsschwierigkeiten aus dem Weg räumen kann.

Beim nächsten Glas Wein dachte Nina, dass ihr genau eine solche Freundin gefehlt hatte. Eine, die ungefähr zu ihrer Generation gehörte und die vielleicht ihre Probleme mit der Männerwelt besser verstehen würde als Henni.

»Darf ich dich fragen, wie alt du bist?«, fragte sie, ohne groß nachzudenken.

»Sechsunddreißig«, gab Sophie zurück. »Warum? Sehe ich so viel älter aus?«

Nina senkte kurz den Blick. Sie hatte Sophie auf mindestens vierzig geschätzt. Ein hartes Leben ließ besonders die Frauen schneller altern.

»Ich war nur neugierig. Ich bin einunddreißig. Also sind wir fast gleich alt.«

»Das ist schön«, meinte Sophie. »Ich wünsche mir schon seit Langem eine Freundin in meinem Alter. In den Notunterkünften war ich die einzige jüngere Frau. Alle anderen hatten es längst herausgeschafft.«

Sanft legte Nina ihr eine Hand auf den Arm. »Nun bist du ja hier.«

»Nun bin ich hier.« Sophie lächelte, und auf einmal wirkte sie nicht mehr älter.

»Als ich damals mit meinem Mann in Italien war«, sagte sie nach einer Weile, »ist mir aufgefallen, dass die Italiener ganz schön feurig sind. Sogar mit mir haben sie geflirtet. Obwohl ich verheiratet und kein bisschen blond war.«

Sie kicherte. An den kräftigen Sangiovese war sie nicht gewöhnt.

»Erzähl mal«, fuhr sie fort. »Du als klassische nordische Schönheit kannst dich bestimmt nicht vor Angeboten retten.«

»Morgens um sieben schlafen die papagalli zum Glück noch«, erwiderte Nina ausweichend.

»Wer?«

»So nennen sie hier die Frauenhelden. Die haben die halbe Nacht schwer gearbeitet, um eine Eroberung zu machen. Vor dem Mittag stehen die selten auf. Also kann ich in Ruhe schwimmen.«

Sie zögerte einen Moment und fuhr dann entschlossen fort: »Allerdings gibt es da jemanden, den ich mag. Piero Antonelli. Er ist Grundschullehrer. Seinem Vater gehört die Pension, in der wir bis vor Kurzem gewohnt haben. Du wirst ihn bald kennenlernen.«

»Wen, Piero?«

»Nein, seinen Vater Luigi. Er taucht fast jeden Tag hier auf. Er hat sich in Henni verliebt, und seit wir ausgezogen sind, vermisst er sie schrecklich.«

»Und was ist mit diesem Piero?«, fragte Sophie ungeduldig.

Nina seufzte. »Piero kann mich nicht ausstehen.«

»Nanu? Was ist passiert?«

»Ach …« Sie wusste nicht, wo sie anfangen sollte.

»Hat es vielleicht etwas mit diesem geschniegelten Geschäftsmann zu tun, von dem Timo ständig spricht?«, fragte Sophie.

»Ja«, gestand Nina, dankbar für Sophies schnelle Auffassungsgabe. So musste sie nicht so viel erklären. »Es ist ziemlich kompliziert.«

Sophie lehnte sich zurück und blickte sie auffordernd an. »Ich habe Zeit.«

Also berichtete Nina in allen Einzelheiten. Von ihrer

ersten Begegnung mit Piero über das wunderbare Essen hinter der Bretterbude bis hin zu ihrer Auseinandersetzung wegen Benevento.

Als sie geendet hatte, schwieg Sophie lange. Sie ließ sich noch einmal nachschenken, trank aber nur wenig.

»Es stimmt nicht, dass Piero dich nicht ausstehen kann«, lautete schließlich ihr Urteil. »Ich glaube vielmehr, er mag dich ebenfalls sehr gern. Sonst hätte er dich nicht mit zu seiner Tante genommen, wo ihr diese Pi… Pi…«

»Piadina«, half Nina aus, von einem überschäumenden Glücksgefühl überschwemmt, weil eine dritte Person festgestellt hatte, dass Piero sie gernhatte.

»Genau. Wo ihr diese Piadina gegessen habt. Ich schätze mal, er ist eifersüchtig auf den reichen Maurizio.«

»Na ja, sie sind verfeindet, weil Benevento die Pension seines Vaters abreißen lassen will. Das habe ich dir ja schon erklärt.«

Sophie wiegte den Kopf hin und her. »Das ist es nicht allein. Die Eifersucht macht Piero ziemlich zu schaffen. Du solltest noch ein wenig Geduld haben. Mit der Zeit wird er sicher erkennen, dass es keinen Grund zur Eifersucht gibt.«

»Hoffentlich!«, stieß Nina aus.

»Aber dieser Benevento macht mir Sorgen«, setzte Sophie hinzu.

»Warum?«, fragte Nina, ahnte aber schon, was kommen würde.

»Der ist noch nicht fertig mit dir. So wie du ihn mir beschrieben hast, ist er jemand, der stets alles bekommt, was er will. Nur von dir nicht. Und dann noch die Sache mit den anderen Frauen, die dich vor ihm beschützt haben. Das muss beschämend für ihn gewesen sein. Egal, ob Italiener oder Deutscher: Männer, die in ihrem Stolz verletzt wurden, sind gefährlich.«

Henni hatte Ähnliches gesagt, erinnerte sich Nina.

Ihre Hände begannen zu zittern, und schnell stellte sie das Weinglas ab.

»Ich habe seit zwei Wochen nichts mehr von ihm gehört«, sagte Nina. »Bestimmt hat er mich längst vergessen.«

Doch sie fragte sich, wem sie etwas vormachen wollte. Sich selbst oder Sophie.

Kurz darauf kehrten Henni und Timo zurück. Die eine völlig erschöpft, der andere sprühend vor Lebensfreude.

Sophies Augen leuchteten. Es musste wunderbar sein, das eigene Kind so glücklich zu sehen.

Nina spürte einen Stich im Herzen.

Sie sehnte sich so sehr danach, eine eigene Familie zu gründen.

»Na, na«, sagte Henni, nahm Ninas Weinglas vom Tisch und trank es in einem Zug leer. »Was ist denn das auf einmal für eine Trauermiene? Du hast dich schön ausgeruht, während ich versucht habe, mit dem Teufelsbraten hier Schritt zu halten.«

Sie drohte Timo mit dem Finger, aber ihr breites Lächeln war nicht zu übersehen.

»Dir hat es auch Spaß gemacht, Tante Henni«, erwiderte Timo frech.

Tante Henni? Nun musste Nina auch lächeln. Das ging ja schnell mit der neuen Familie.

»Na, bin ich schon braun?«, fragte Timo und zeigte seiner Mutter die Haut auf seinen Unterarmen.

»Nun …« Sophie tat, als würde sie scharf nachdenken.

»Als Einheimischer gehst du wahrscheinlich noch nicht durch, aber du bist auf einem guten Weg.«

»Domenico hat gesagt, in spätestens drei Tagen bin ich so braun wie er.«

»Wer ist Domenico?«

»Ein Bademeister«, warf Henni ein. »Du hättest sehen sollen, wie schnell er Timo zurückgepfiffen hat, als der zu weit rausschwimmen wollte. Ich wäre da nicht mehr hinterhergekommen. Aber Domenico hat nur kurz seine Trillerpfeife angesetzt, und schon ist er wieder an Land geschwommen. Sonst wäre Domenico übrigens mit seinem Floß rausgefahren.«

»O mein Gott!« Sophie war blass geworden. »Wie kannst du nur so unvorsichtig sein, Timo?«

»Ach, Mutti. Das war überhaupt nicht gefährlich. Ehrlich nicht. Und der Domenico hat mir angeboten, ab morgen bei ihm zu arbeiten. Ich soll Sonnenschirme aufstellen, Liegen ausklappen und die Gäste bedienen.«

Ratlos schaute Sophie erst Nina und dann Henni an.

»Das … geht alles so schnell.«

»Keine Sorge«, erwiderte Henni. »Domenico ist absolut zuverlässig. Er beschäftigt jeden Sommer eine Handvoll Jungs, und einer ist für die letzten Wochen ausgefallen. So viel ist ja nicht mehr zu tun, aber Timo kann sich ein Taschengeld verdienen und Italienisch lernen. Und nebenbei kriegt er auch noch Unterricht in Sicherheit am Strand und im Wasser.«

Letzteres gab den Ausschlag. Sophie stimmte zu, und Timo bat um die Erlaubnis, gleich noch einmal zurück zum Strand laufen zu dürfen, um Domenico die gute Nachricht zu überbringen.

»Ganz allein?«, fragte Sophie.

»Mutti, ich bin kein Baby mehr!«

Sophie erhob sich und baute sich vor ihrem Sohn auf. Zwar reichte sie ihm nur bis zur Schulter, aber ihr scharfer Blick ließ ihn zusammenzucken.

»Nein, ein Baby bist du nicht mehr. Aber auch noch kein erwachsener Mann. Wir sind erst heute Morgen in einem fremden Land angekommen. Ich lasse dich so spät am Abend auf keinen Fall allein hinausgehen.«

Timo kaute hektisch auf seinem Kaugummi herum und schaute dann flehentlich zu Henni.

»Denk nicht mal dran«, sagte sie. »Ich bin vollkommen erledigt.«

Nina stand ebenfalls auf. »Ich kann ihn gern begleiten«, bot sie an. »Ein Spaziergang wird mir guttun.«

Sophie wirkte unentschlossen, dann sagte sie plötzlich: »Ich könnte auch etwas Bewegung gebrauchen. Und ich möchte das Meer sehen.«

»Wunderbar.«

Timo fand es augenscheinlich etwas weniger wunderbar, dass seine Mutter mitgehen wollte, aber er wog offenbar schnell seine Alternativen ab, denn er sagte: »Klasse. Können wir gleich los? Oder gibt es vielleicht vorher was zu futtern?«

Sophie machte eine schnelle Bewegung, als wollte sie ihm eine Kopfnuss verpassen. Aber sie beherrschte sich. »Sei nicht so unverschämt!«

»Ich bin auch am Verhungern«, gestand Henni. »Direkt gegenüber ist eine Pizzeria. Ich hole uns schnell ein paar Stücke Pizza.«

»Was ist Pizza?«, fragte Timo misstrauisch und wurde knallrot, als die drei Frauen herzlich lachten.

Henni verschwand nach draußen, Sophie sagte, sie würde sich umziehen.

Als sie wieder herunterkam, hatte sie das farblose Kleid gegen Rock und Bluse ausgetauscht. Der Rock brachte ihre schlanken Beine zur Geltung. Ihr Haar fiel locker auf die Schultern, die dunklen Augen waren schwarz umrandet, und auf den Lippen lag ein feiner Glanz.

»Du siehst gut aus«, bemerkte Nina.

Timo hatte keine Zeit, seine Mutter anzusehen. Er verschlang gerade sein viertes Stück Salamipizza, die er zu seinem neuen Lieblingsessen erkoren hatte.

Endlich brachen sie auf. Es war bereits dunkel, aber die Straßenlampen spendeten genügend Licht.

Timo lief ein Stück vor ihnen.

»Daran muss ich mich wohl gewöhnen«, sagte Sophie leise seufzend. »In seinem Alter will er mit mir nicht mehr viel zu tun haben.«

Tröstend klopfte Nina ihr auf die Schulter. »Mach dir nichts draus. Übrigens: Henni hat mit Domenico auch über den Husten des Jungen gesprochen. Der Bademeister hat versprochen, dass er ihn nicht überanstrengen wird. Außerdem hat er Henni erzählt, dass es südlich von hier, in Riccione, Thermalquellen gibt. Sobald ihr ordentlich angemeldet seid, kannst du dir von einem Arzt für Timo eine Inhalationskur verschreiben lassen.«

»Danke«, sagte Sophie. »Danke für alles.«

»Ach, hör schon auf.«

Timo kehrte wieder zu ihnen zurück und drängte zur Eile. »Sonst ist Domenico womöglich schon weg!« Aus seinem Mund klang das nach einer herannahenden Katastrophe.

Die beiden Frauen taten ihm den Gefallen und beschleunigten ihre Schritte.

Als sie den Strandabschnitt erreichten, zogen Timo und Nina wie selbstverständlich ihre Schuhe aus. Sophie zögerte nur kurz, tat es ihnen dann aber nach. Fröhlich krallte sie ihre Zehen in den Sand und stieß ein glockenhelles Lachen hervor.

Jetzt sieht sie jünger aus als sechsunddreißig, dachte Nina und freute sich für ihre neue Freundin.

Timo entdeckte den Bademeister, der die letzten Sonnenschirme zuklappte, und lief auf ihn zu.

Während die Frauen ihm langsam folgten, beobachtete Nina, wie der Junge dem Mann mit Gesten und den ersten aufgeschnappten italienischen Wörtern erklärte, er könne gleich am nächsten Morgen mit der Arbeit anfangen.

Domenico, der, wie Nina wusste, ein recht gutes Deutsch sprach, amüsierte sich über die Verständigungsversuche, und sagte schließlich: »In Ordnung. Um sieben Uhr hier.«

Dann blickte er sich um, winkte Nina zu, entdeckte

Sophie, klappte den Mund zu und schien kein Wort mehr herausbringen zu können.

Na so was, dachte Nina. Der Frauenheld ist ausnahmsweise mal sprachlos.

Sophie trat ruhig näher und reichte Domenico die Hand. »Guten Abend. Ich bin Sophie von Bareis. Timos Mutter.«

Während Domenico verzweifelt nach Worten suchte, lachte Sophie schon wieder.

17. Kapitel

Piero Antonelli stand auf und schob seine Papiere zusammen.

»Das war heute die letzte Unterrichtsstunde am Vormittag«, verkündete er seinen Schülern. »In der kommenden Woche fängt die Schule wieder an, dann habe ich nur noch am Abend Zeit.«

Zwei Ehepaare im Rentenalter hörten gar nicht richtig hin. Sie hatten es eilig, an den Strand zu kommen, und verließen beinahe fluchtartig den Frühstücksraum der Pension.

Nina überlegte, ob sie ihnen folgen sollte.

Piero wäre bestimmt froh, wenn sie schnell verschwände. Sie hatte sich vor einer Woche dazu entschlossen, wieder am Kurs teilzunehmen, aber sie vermied jeden persönlichen Kontakt mit ihm. Sie wollte Italienisch lernen, doch sie wollte gerade nichts mit ihm zu tun haben.

Sophie und Timo jedoch rührten sich nicht, also blieb auch sie, wo sie war.

Zwei Wochen waren vergangen, seit die kleine Familie in Rimini angekommen war. Seitdem war viel passiert. Sophie hatte ihre Arbeit bei Raffaella angetreten, und nach ein paar Anfangsschwierigkeiten lief es recht gut. Sophies Französisch war das einer höheren Tochter und hatte wenig mit der praktischen Arbeit an der Nähmaschine zu tun. Aber die beiden Frauen rauften sich zusammen, und Sophie lernte schnell, was sie auch in Pieros Unterricht zeigte. Kaum eine Stunde verging, ohne dass sie ein paar Fragen an ihn richtete, und oft wurde sie für ihre schnellen Fortschritte gelobt. Allerdings winkte sie stets bescheiden ab. Das läge einzig daran, dass sie bereits eine romanische Sprache beherrsche. Ihr Sohn würde viel schneller lernen.

Sie hatte recht. Aus dem mageren, hustenden Jungen wurde ein kräftiger, braun gebrannter Italiener, dessen Wortschatz erschreckend viele Flüche enthielt. Dafür könne er nichts, behauptete er, wenn Nina oder Henni ihn dabei erwischten. Alle seine Freunde redeten so, und wenn er dazugehören wolle, müsse er mithalten, erklärte er. Zum Glück verstand Sophie noch nicht genug Italienisch.

Innerhalb von wenigen Tagen hatte Timo sich mit den anderen Jungs, die bei Domenico arbeiteten, angefreundet, und sie hatten ihn schnell in ihre Clique aufgenommen. Die junge Generation machte sich nichts mehr daraus, dass ihre Eltern und Großeltern einander bekriegt hatten.

Weil alle Jungs in seinem Alter fußballverrückt waren, fragten sie ihn ständig nach der deutschen Nationalmannschaft aus – als ob Timo persönlich die Weltmeisterschaft in Bern gewonnen hätte.

Obwohl er den ganzen Tag hart arbeitete, hatte er ein paar Kilo zugelegt, und kaum etwas erinnerte noch an den abgezehrten Jungen, den Nina im Juni vor dem Vier Jahreszeiten kennengelernt hatte.

Sein Husten war natürlich nicht wie durch Zauberhand verschwunden, aber es schien ihm bereits deutlich besser zu gehen.

Ninas Blick wanderte zu Sophie. Auch sie hatte sich in den vergangenen zwei Wochen verändert. Ihre Haut wies eine feine Bräune auf, und ihr mausbraunes Haar hatte einen goldenen Schimmer bekommen. In die dunklen Augen war ein lebensfrohes Funkeln getreten. Dank Raffaella erhielt auch ihre Garderobe eine Generalüberholung. Sophie hatte sich anfangs dagegen gewehrt. Ihre alte Abneigung gegen Almosen hatte ihr im Weg gestanden. Erst als Raffaella erklärt hatte, ihre Näherin müsse im Umgang mit den Kundinnen anständig gekleidet sein, hatte sie nachgegeben.

Auch ihr Zusammenleben funktionierte reibungslos. Timo war von morgens bis abends unterwegs, Sophies Arbeitstage waren fast so lang wie Ninas, und Henni machte sich neuerdings ohnehin rar. Wenn Nina sie danach fragte, zuckte die ältere Freundin nur mit den Schultern und schwieg. Aber ihre Augen glitzerten hell und verräterisch.

Wenn dann spät am Abend doch einmal alle zusammensaßen, erzählten sie einander von ihren Erlebnissen des Tages, spielten ein Brettspiel und hörten Radio.

Eine Familie, dachte Nina. Wir sind eine Familie. Mehr kann ich mir nicht wünschen.

Dennoch gab es da diese leere Stelle in ihrem Herzen, doch sie zwang sich, nicht daran zu denken.

Kurz schaute Nina zu Piero. Natürlich erwiderte er ihren Blick nicht. Er schien ihr überhaupt nie mehr in die Augen sehen zu wollen. Trotzdem ging ihr Puls noch immer schneller, wenn sie in seiner Nähe war.

Er sprach jetzt mit Timo. »Ich habe dafür gesorgt, dass du in die *seconda media* kommst. Das entspricht einer deutschen siebten Klasse.«

»Aber dafür bin ich zu alt!«, protestierte der Junge. »Ich bin sowieso schon größer als alle meine Altersgenossen. Wenn ich mit Zwölf- und Dreizehnjährigen zusammengesteckt werde, lachen mich alle aus.«

»Unsinn«, mischte sich Nina ein. »Sie werden dich wie einen Helden verehren. Außerdem musst du noch die Sprache richtig lernen. Nicht bloß die Schimpfwörter.«

Sie spürte Sophies verblüfften Blick auf sich ruhen und redete schnell weiter: »Es ist doch besser, wenn du jetzt ein oder zwei Klassen tiefer anfängst, anstatt möglicherweise nächstes Jahr nicht versetzt zu werden.«

Das leuchtete Timo ein. Die Schmach des Sitzenbleibens wollte er nicht erleben.

»Okay«, sagte er und wandte sich dann an seine Mutter. »Kann ich gehen? Bin schon spät dran.«

»Sicher, lauf nur.«

Das ließ sich der Junge nicht zweimal sagen. Bei Domenico war zwar nur noch wenig zu tun, denn die meisten Gäste waren abgereist. Aber Timo wollte sich bis zum letzten Tag nützlich machen. Er malte sich bereits aus, was er sich von seinem selbst verdienten Geld kaufen würde. Eine Bluejeans – unbedingt! Eine Lederjacke, wie sein Idol James Dean sie trug – ein allzu kostspieliger Traum.

Auch Nina klappte ihr Heft zu und stand auf. Als sie, dicht gefolgt von Sophie, die kleine Empfangshalle betrat, stieß sie zu ihrer Überraschung auf Henni.

»Nanu? Was machst du denn hier?«

»Ich … ähm … ich dachte, ich hole euch ab.«

»Aber wieso bist du dann die Treppe heruntergekommen?«, wunderte sich Nina.

»Ach, du weißt doch, ich bin eine Nostalgikerin. Ich wollte noch einmal unser schönes Prunkzimmer sehen.«

Nina verschränkte die Arme vor der Brust. Irgendetwas stimmte hier ganz und gar nicht. »Du und eine Nostalgikerin? Dein Lieblingsspruch lautet ›vorbei ist vorbei‹. Also raus mit der Sprache: Was machst du hier?«

»Seit wann muss ich dir denn Rechenschaft ablegen? Ich bin eine erwachsene Frau und kann tun und lassen, was ich will.«

»Da hat sie eigentlich recht«, bemerkte Sophie.

Nina hörte gar nicht hin. Sie hatte inzwischen bemerkt, dass Hennis Frisur zerzaust, ihre Wimperntusche unter den Augen zerlaufen war und dass ihre Nylonstrumpfhose eine Laufmasche hatte. Letzteres kam einer Katastrophe gleich. Nylonstrümpfe waren ein fast unbezahlbares

Luxusgut. Dass Henni bei der Hitze überhaupt welche trug, verstärkte Ninas Misstrauen. So viel Eitelkeit! Bloß für wen?

»Du siehst derangiert aus.«

Nun bildeten sich rote Flecken auf Hennis Wangen.

Auf einmal zählte Nina eins und eins zusammen.

»Du warst gar nicht im Prunkzimmer, sondern oben unterm Dach!«

Ihr Blick blieb auf Henni gerichtet. »Du und … Du und Luigi? Wirklich?«, fuhr sie dann ungläubig fort.

Henni hob die Achseln. »Tu nicht so schockiert. Er war vom ersten Augenblick an in mich verliebt, und ich bin schwach geworden.«

Schwach sieht sie eigentlich nicht aus, dachte Nina amüsiert. Vielmehr stark und lebendig.

»Aber du hast doch immer gesagt, er ist dir zu klein und unbedeutend.«

»Das stimmt. Ich wollte einen Mann, an dem ich wie an einer Bohnenranke hochklettern kann.«

Sophie starrte Henni verwirrt an. Vielleicht überlegte sie bereits, ob sie sich von einer Verrückten nach Italien hatte locken lassen, die erst jetzt ihr wahres Gesicht zeigte.

Zum Glück fügte Henni hinzu: »Es kommt weniger auf die Körpergröße als vielmehr auf die innere Größe an. Und davon besitzt Luigi eine Menge. Er war Partisan, wusstet ihr das?«

Nina nickte, Sophie schüttelte den Kopf.

»Und er hat diese Pension ganz allein aufgebaut. Im Andenken an seine geliebte Frau, der er immer treu geblieben ist. Nun, bis jetzt. Er hat mir gestanden, dass er sich anfangs mit aller Kraft gegen seine Gefühle gewehrt hat.«

»Das glaube ich gern«, warf Nina ein. »Schließlich gehörst du dem Volk an, das er damals bekämpft hat.«

Henni biss sich auf die Lippen. »Wir unterscheiden da zwischen Volk als Ganzem und den kriegstreibenden Männern.«

»Entschuldigung.«

»Schon gut. Außerdem hat Luigi Ostpreußen auf dem Globus gesucht und behauptet, das wäre ja gar nicht mehr Deutschland. Womit er richtigliegt.«

Und so, überlegte Nina, helfen die verlorenen deutschen Ostgebiete einer außergewöhnlichen Liebe auf die Sprünge.

»Übrigens habe ich ein paar Ideen, wie wir nächstes Jahr die Pension profitabler machen können«, sprudelte Henni los. »Zunächst einmal muss das Frühstück mehr dem deutschen Geschmack entsprechen. Dann brauchen die Betten härtere Matratzen, und …«

Nina hob die Hand. »Moment mal. Geht das nicht alles ein bisschen schnell?«

Henni grinste. »Du kennst mich. Wenn ich eine Entscheidung getroffen habe, ist sie endgültig.«

»Das stimmt«, sagte Nina zu Sophie. »So hat sie mich damals auch dazu überredet, mit ihr zusammenzuziehen.«

Sophie nickte.

»Mit dem Heiraten haben wir es nicht so eilig«, fuhr Henni fort. »Vielleicht im nächsten Frühjahr, mal sehen.«

Nina wollte nach den schicken Kavalieren fragen, mit

denen sie sich im Sommer amüsiert hatte, nach den rauschenden Festen, die sie genossen hatte, nach dem Leben in der feinen Gesellschaft. Aber sie wusste, dass Henni sich darum nicht scherte. Sie hatte die Liebe gefunden und würde von nun an auf die Waagschale für Glück und Freude eine Menge Gewicht legen können.

Einen Einwand hatte sie trotzdem: »Aber was, wenn die Pension abgerissen werden muss? Was wird dann aus deinen schönen Plänen?«

»Hast du es noch nicht gehört?«, fragte Henni verwundert.

»Nein, was denn?«

»Redest du denn gar nicht mehr mit Piero?«

Eine Antwort erübrigte sich, also schwieg Nina.

»Nun gut«, sagte Henni. »Wie du vielleicht weißt, war Maurizio Benevento fast drei Wochen lang auf Geschäftsreise in Deutschland.«

Auch das war Nina entgangen, aber sie schwieg weiterhin.

»Piero hat die Zeit genutzt und ist zusammen mit seinem Freund, dem Architekten, direkt zum Besitzer des Grand Hotels gegangen. Sie haben ihm die Pläne für eine neue Garageneinfahrt unterbreitet, und der Mann war sofort davon überzeugt. Zumal diese Alternative zusätzlich einen unterirdischen Nachtclub beinhaltet, der eine weitere Einnahmequelle darstellen wird.«

Nina stand mit offenem Mund da. Also war der Streit zwischen Benevento und den Antonellis aus dem Weg geräumt worden, ohne dass sie etwas davon mitbekommen hatte.

Einerseits freute sie sich sehr, besonders für Luigi, dessen Lebenswerk nun nicht mehr in Gefahr war – andererseits war sie wütend, weil niemand es für nötig gehalten hatte, sie einzuweihen.

Und da war noch etwas, das ihr zu schaffen machte. »Was hat denn Benevento dazu gesagt?«

Henni rieb sich über das Gesicht, wobei sie die Wimperntusche auch auf der Nase verteilte. »Der hat nicht so begeistert reagiert. Er fühlt sich anscheinend übergangen.«

Wie ich, dachte Nina beklommen.

»Und du musst aufpassen, Nina.«

»Warum?«, fragte sie, obwohl sie es doch genau wusste.

Henni schaute sie eindringlich an. »Benevento hat nicht vergessen, was an Ferragosto passiert ist. Glaub mir, ich kenne Kerle wie ihn. Die sind rachsüchtig. Früher oder später wird er sich nehmen wollen, was ihm seiner Meinung nach zusteht. Oder er denkt sich etwas aus, um dich zu vernichten.«

»Henni, liest du neuerdings Krimis? Du übertreibst!«

»Nein, das denke ich nicht. Sei auf der Hut, mein Goldstück.«

»Lass uns nicht mehr von Benevento reden. Ich freue mich für dich. Und für Luigi.«

»Danke. Das weiß ich zu schätzen«, sagte Henni sanft.

Sophie dachte, sie müsste wohl auch gratulieren. »Ich komme zwar nicht ganz mit, aber ich freue mich auch. Sehr sogar. Nur …«

»Was?«, fragte Henni.

»Nun ja, wir sind gerade erst zusammengezogen. Wenn

du deinen Mietanteil nicht mehr zahlen kannst, wird es eng.«

»Nun mach mal nicht schon die Pferde scheu«, gab Henni energisch zurück und klang wieder ganz wie die alte ostpreußische Gutsherrin. »Es findet sich für alles eine Lösung.«

Sophie nickte, aber der Ausdruck in ihren Augen war voller Sorge.

»Was meint ihr«, fragte Henni nun. »Stoßen wir darauf an? Ich kenne ein Café, wo sie ganz wunderbaren Prosecco haben. Ich verspreche euch, der schmeckt tausendmal besser als Champagner.«

»Wir können nicht angeschickert zur Arbeit gehen«, entgegnete Nina schmunzelnd. »Aber vielleicht heute Abend?«

»Gut«, stimmte Henni zu.

Als hätten sie sich abgesprochen, betraten Vater und Sohn Antonelli nun gleichzeitig die Empfangshalle. Der eine stieg pfeifend die Treppe herunter, der andere kam schweigend aus dem Frühstücksraum.

»Luigi! Amore!«, rief Henni, und endlich passte das Wort perfekt.

Piero machte große Augen als er beobachtete, wie sein Vater auf Henni zueilte und ihr einen Kuss auf den Mund gab.

Sieh an, dachte Nina. Du hast es also auch nicht gewusst.

Sie suchte seinen Blick – vergebens.

»Ich darf mich entschuldigen«, sagte er steif und verschwand nach draußen.

»Wir sollten auch gehen«, meinte Sophie und zog Nina sanft mit sich. Zwar mussten sie beide erst in einer Stunde bei ihrer jeweiligen Arbeit erscheinen, aber Nina verstand und folgte ihr.

Henni und Luigi winkten ihnen kurz und gingen dann eng umschlungen in Richtung Frühstücksraum. Offenbar hatten beide eine Stärkung nötig.

Auf dem Heimweg schwiegen die Freundinnen. Beide hingen ihren Gedanken nach. Zu Hause angekommen, merkte Nina jedoch, dass Sophie reden wollte, und bot an, für beide noch einen Kaffee zu kochen. In der Küche setzte sie die kleine Mokka-Maschine auf. Ein Gerät zum Aufschäumen der Milch besaßen sie nicht, also gab es einen falschen Cappuccino, der doch sehr dem deutschen Milchkaffee ähnelte.

»Schmeckt aber besser«, meinte Sophie, nachdem Nina eine entsprechende Bemerkung gemacht hatte. »Irgendwie südlicher.«

»Stimmt.« Sie saßen sich an dem schmalen Resopaltisch gegenüber und rührten Zucker in ihren Kaffee.

»Erzähl mir mehr über Henni und Luigi«, bat Sophie schließlich.

Nina wunderte sich zwar, denn sie hatte erwartet, Sophie wollte etwas Persönlicheres besprechen, tat ihr aber den Gefallen.

Sie schilderte, was sie von Piero erfahren hatte. Dass er mit seiner Mutter versteckt in den Bergen gelebt hatte, während der Vater als Partisan gekämpft hatte. Sie sprach auch vom frühen Tod Graziellas, von Luigis harter Arbeit, um die Pension zu bauen, von dem recht guten Leben der Antonellis, bevor Henni wie ein Wirbelsturm hineingeplatzt war.

Als sie geendet hatte, sagte Sophie: »Aber sie kommen aus zwei verschiedenen Welten.«

»Du meinst, weil sie ehemals verfeindeten Staaten angehören?«

»Auch. Aber er steht gesellschaftlich weit unter ihr.«

Nina lachte. »Glaub mir. Daraus macht Henni sich überhaupt nichts. Stell dir vor, bis wir nach Rimini kamen, wusste ich noch nicht einmal, dass sie eine Gräfin mit einem ellenlangen Namen ist.«

Sophies Augen wurden groß. »Ist sie das?«

»Ja, aber frag sie lieber selbst, wie sie heißt. Ich habe mir das nicht merken können.«

So langsam begriff Nina, worauf die Freundin hinauswollte. »Hast du denn irgendwelche Standesdünkel?«

»Ich?« Sophie wurde rot. »Wie kommst du darauf?«

»Nun, möglicherweise fragst du dich, ob eine höhere Tochter sich mit einem einfachen Bademeister einlassen kann.«

»Herrje!« Sophie schlug die Hände vor dem Gesicht zusammen. »Bin ich so leicht zu durchschauen?«

»Mhm.«

»Aber so ist es nicht. Wirklich. Eigentlich bin ich nur furchtbar verwirrt, weil ich nicht erwartet habe, dass mir noch einmal ein Mann den Hof macht.«

Nina musste schon wieder lachen. »Hast du in den letzten Tagen mal in den Spiegel geschaut? Du siehst zehn Jahre jünger aus, seit du hier bist, und du bist wunderschön.«

»Aber Domenico ist doch ganz verrückt nach großen, blonden Frauen.«

»Ach, Sophie.« Nina fühlte sich im Vergleich zur Freundin auf einmal alt und weise. »Ich glaube, der Liebe sind solche Dinge völlig egal. Sie wählt zwei Menschen aus und kümmert sich nicht um Nationen, Standesunterschiede oder Äußerlichkeiten.«

»So«, murmelte Sophie. »Aber ich habe Angst.«

»Das ist normal. Lass dir Zeit und sieh, wohin es führt.«

»Bisher hat mir Timo schon drei Einladungen zum Essen ausgerichtet. Ich habe sie allesamt abgelehnt.«

»Tja, dann kannst du die nächste vielleicht annehmen. Und Domenico tut es gut, dass du ihn warten lässt. So wirst du für ihn nur interessanter.«

»Ähnlich wie bei dir und Maurizio?«

Ninas gute Laune verflog. »Über ihn möchte ich heute nicht mehr reden.«

Sophie nickte verständnisvoll, trank ihren Kaffee aus und machte sich dann auf den Weg zur Boutique.

Nina spülte noch kurz die Tassen aus.

Gerade als auch sie das Haus verlassen wollte, klingelte es an der Tür. Ein Bote überreichte ihr einen riesigen Strauß roter Rosen. Sie musste das Kärtchen nicht lesen, um zu wissen, von wem sie waren.

Jetzt geht alles von vorne los, dachte sie beklommen.

18. Kapitel

Sorgfältig vermengte Nina gehacktes Fleisch vom Rind, Schwein und Huhn miteinander. Dann gab sie klein geschnittene Zwiebel, Karotte, Sellerie und Semmelbrösel dazu und würzte mit einer geriebenen Zitronenschale, etwas Muskatnuss, Salz und Pfeffer. Schließlich kamen noch ein Ei, ein halbes Glas Weißwein und geriebener Parmesankäse hinein. Als alle Zutaten eine gleichmäßige Farce ergaben, füllte sie damit die zuvor entkernten grünen Oliven, panierte diese und gab sie in heißes Fett. Mit einem großen Schaumlöffel nahm sie die fertigen Oliven heraus und richtete sie auf einem großen Teller an.

Stefano Galli trat an ihren Arbeitsplatz, kostete eine Olive und fällte sein Urteil: »Ausgezeichnet. Aber Sie müssen sie nach dem Frittieren kurz in ein Küchentuch einschlagen, damit sie nicht zu fettig sind.«

»In Ordnung.«

Nina war stolz auf ihre Leistung. Früh am Morgen hatte Galli sie beauftragt, für den Abend selbstständig Olive Ascolane zuzubereiten. Das war eine Vorspeise, die aus der benachbarten Region Marken stammte und von vielen Gästen geschätzt wurde.

Ganz in ihrer Nähe wurden weitere kostspielige Vorspeisen vorbereitet. Ein Kollege schnitt dünne Scheiben norwegischen Räucherlachs zurecht, ein anderer richtete Gänsestopfleber aus Straßburg an, ein dritter schöpfte aus einer großen Dose mit einem Teelöffel vorsichtig Malossol-Kaviar und verteilte ihn in Schälchen, die in einer großen, mit Eis gefüllten Glasschüssel standen. Malossol, das wusste Nina, hieß nichts anderes als leicht gesalzen. Fünfzig Gramm von diesem russischen schwarzen Kaviar standen normalerweise für einen Preis von umgerechnet hundert Mark auf der Karte. Heute jedoch würde sich jeder geladene Gast frei bedienen können.

An diesem Abend, dem dritten Sonntag im September, fand im Grand Hotel das Fest zum Ausklang des Sommers statt. Wobei von einem Ende der schönen Jahreszeit noch keine Rede sein konnte. Jeden Tag aufs Neue schien die Sonne von einem wolkenlosen Himmel, die Adria war noch wunderbar warm, und wenn Nina frühmorgens schwimmen ging, hatte sie den Strand fast für sich allein.

An diesem Morgen hatte sie jedoch auf ihren Ausflug ans Meer verzichtet. In der Küche wurde schon früh jede Hand gebraucht, denn es wurden mehr als hundert Gäste erwartet. Alle waren froh, dass das Fest auf der Terrasse stattfinden konnte.

»Sie werden sehen«, hatte Stefano Galli zu Nina gesagt, »schon in der nächsten Woche kann das Wetter umschlagen, und dann ist es vorbei mit den Sommerpartys. Dann wird es kühl und feucht, und vom Meer zieht Nebel auf.«

Nina konnte sich einen Herbst und Winter in Rimini

nicht vorstellen, aber sie war bereit, jeder Jahreszeit etwas Schönes abzugewinnen.

Etwas anderes machte ihr viel mehr Sorgen. Während sie nun die nächste Ladung Oliven frittierte, dachte sie mit Unbehagen an Maurizio Benevento. Noch zweimal hatte er ihr in der vergangenen Woche Blumen geschickt, beide Male war mit der Lieferung eine Einladung zum Essen verbunden gewesen.

Nina hatte abgelehnt, zuletzt am Donnerstag. Henni und Sophie waren einstimmig der Meinung gewesen, sie mache einen Fehler. Sie sollte den Mann lieber bei Laune halten – wer wüsste schon, was er sonst ausbrüten würde.

Aber Nina hatte alle Warnungen in den Wind geschlagen.

»Es ist so weit!«, rief Stefano Galli plötzlich auf Italienisch.

Alle hörten mit der Arbeit auf und sahen hoch. Galli hatte einen Hut in der Hand und ging damit herum. Jeder zog einen zusammengefalteten Zettel, öffnete ihn und verzog dann entweder enttäuscht das Gesicht oder atmete erleichtert auf.

»Was hat das zu bedeuten?«, fragte Nina ihre Lieblingskollegin Anna.

»Eine Überraschung.«

Ninas Italienisch war inzwischen gut genug, um einfache Fragen zu stellen und die Antworten zu verstehen.

Galli kam zu ihnen und mischte dabei noch einmal durch. Nina nahm einen der letzten Zettel und las die Worte: »Du bist dabei.«

Fragend schaute sie von Anna zu Galli.

Der nahm nun seinerseits einen Zettel, las ihn und lächelte zufrieden.

»Wir beide sind ausgewählt.«

»Wofür?«

»Wir nehmen heute Abend an dem Fest teil.«

»Was? Aber … ich bin erst kurze Zeit hier. Nehmen Sie einen der Kollegen mit.«

Sie spürte schon neidische Blicke auf sich ruhen. Auf keinen Fall wollte sie das hart erkämpfte gute Betriebsklima ruinieren.

»Ausgeschlossen. Diese Lotterie wird jedes Jahr veranstaltet. Es nehmen auch zwei Zimmermädchen, zwei Handwerker, zwei Mitarbeiter vom Empfang und zwei Sekretärinnen aus den Büros teil.«

»Verstehe«, erwiderte sie, aber ihr Misstrauen war geweckt. Hatte Galli eben nicht noch einmal die Zettel durchgemischt? Oder etwa ausgetauscht?

Anna entfernte sich, und sie sagte leise zu ihm: »Ich glaube nicht an Zufälle. Warum haben Sie dafür gesorgt, dass ich dabei bin?«

Unter seiner Kochmütze liefen ihm Schweißtropfen über die Stirn.

»Stellen Sie keine Fragen, die nicht gut für Sie sind«, fertigte er sie ab.

Nina fühlte sich bestätigt und hakte nach: »Wer ist der Gastgeber?«

»Nun, es sind zwei. Der Hotelbesitzer und Maurizio Benevento.«

Da hatte sie die Antwort, die sie lieber nicht gehört hätte.

Galli schaute sie scharf an. »Denken Sie nicht mal daran. Sie können sich nicht drücken. Es sei denn, Sie möchten Ihre Stelle verlieren.«

»Ich habe ihm doch mehr als einmal deutlich gemacht, dass er mich in Ruhe lassen soll.«

»Manche Männer können eine Schmach nicht akzeptieren«, sagte Galli und wischte sich über die Stirn. »Bleiben Sie heute Abend am besten in meiner Nähe, dann wird schon nichts passieren.«

Offenbar machte er sich ebenfalls Sorgen. Gerüchte verbreiteten sich in der Küche so schnell wie Dampfschwaden, und es gab wohl kaum einen Mitarbeiter, der nicht über Benevento und die deutsche Köchin Bescheid wusste.

Ein weiterer Gedanke kam ihr: »Hat Benevento auch veranlasst, dass ich selbstständig die Oliven zubereiten darf?«

Nina war sehr stolz gewesen, als Galli ihr vorhin die Arbeit zugeteilt hatte.

»Nein, das war der Hotelbesitzer«, gab er zurück.

Was aufs Gleiche rauskommt, dachte Nina.

»Was soll ich jetzt tun?«

»Gehen Sie nach Hause und machen Sie sich zurecht. Es werden einige bekannte Persönlichkeiten kommen, und das Personal darf in Eleganz und Schönheit nicht hinter den Gästen zurückstehen.«

Nun verstand Nina, warum einige der Kollegen erleichtert gewirkt hatten, weil sie nicht ausgewählt worden waren. Sie waren einfache Leute. Wie sollten sie mit Smokings und Abendroben aufwarten?

Auch Nina machte sich Sorgen, aber dann dachte sie an Raffaella, Sophie und Henni. Die drei würden ihr gewiss helfen.

Es war früher Nachmittag als sie das Hotel verließ und sich auf den Weg zur Boutique machte. Raffaella empfing sie mit einem überraschten Ausruf. Sophie kam herbeigelaufen und erkundigte sich, was los sei. Beide arbeiteten an diesem Sonntag, obwohl die Saison vorbei war. Eine Lieferung neuer Kleider aus Paris war eingetroffen. Sophie hatte es Nina beim Frühstück erzählt.

»Ich brauche ein Kleid für heute Abend. Ich gehe auf das Fest im Grand Hotel«, sagte Nina.

Sophie sah sie an. »Wirklich?«

Sie erzählte kurz, wie es dazu gekommen war, und in den Augen beider Frauen erkannte sie ihr eigenes Misstrauen wieder.

»Ich habe keine Wahl«, setzte Nina hinzu.

Raffaella legte den Kopf schief. »Gut. Dann dürfen wir keine Zeit verlieren.«

»Unsinn«, erwiderte Nina. »Es sind noch fast acht Stunden, bis das Fest beginnt.«

Womit sie sich lediglich einen mitleidigen Blick der Italienerin einfing.

Als Erstes hängte sich Raffaella ans Telefon. Zehn Minuten später verkündete sie: »Simona ist in einer Stunde da, und sie bringt Tiziana mit.«

»Wer sind diese Frauen?«

»Simona betreibt einen Friseursalon gleich um die Ecke. Deine Freundin Henni geht auch zu ihr. Und Tiziana ist Kosmetikerin.«

»Aber heute ist Sonntag.«

»Macht nichts. Das ist ein Notfall.«

Nina wickelte sich eine blonde Strähne um den Finger. »Ich könnte mir die Haare auch einfach aufstecken. Darin habe ich Übung.«

Raffaella schlug die Hände über dem Kopf zusammen. »Deutsche!«, rief sie aus, und es klang nicht nach einem Kompliment.

Etwas freundlicher fügte sie hinzu: »Lass die beiden nur machen. Allein deine Fingernägel sind eine Katastrophe.«

»Aber ich kann bei meiner Arbeit keinen Nagellack gebrauchen.«

Raffaella ließ ihren Einwand nicht gelten. »Ist ja nur für heute Abend. So, genug geredet. Bis Simona und Tiziana da sind, probierst du Kleider an. Wenn nötig, kann Sophie Änderungen vornehmen. Welche Schuhgröße hast du?«

»Einundvierzig«, gab Nina leise zurück. Ihre großen Füße waren ihr ein wenig peinlich.

Raffaella zog die Brauen zusammen. »Das müsste gehen. In Italien ziehen wir ja eine Nummer ab. Also vierzig. Ich rufe gleich Giuseppe an.«

Nina wandte sich an Sophie: »Ich schätze mal, der besitzt ein Schuhgeschäft.«

Sophie lächelte. »Du hast es erraten.«

»Aber … hast du an einem Sonntag nichts Besseres

vor?«, fragte Nina. »Du kannst doch nicht den ganzen Tag hier mit mir verbringen.«

Eine leichte Röte überzog Sophies Wangen. »Bis zum Nachmittag wäre ich sowieso im Geschäft geblieben. Ich bin erst heute Abend zum Essen eingeladen.«

»Von Domenico?«, fragte Nina mit einem breiten Grinsen.

Sophie nickte. »Er hat jetzt so oft gefragt. Sogar Timo meint, ich sollte endlich mit ihm ausgehen.«

»Na, wenn Timo das sagt …«

»Du veräppelst mich.«

»Nur ein bisschen, Sophie.« Nina zwinkerte ihr zu.

»Genug von mir. Heute geht es um dich. Stell dich auf den Hocker. Ich muss deine Maße nehmen. Dann sehe ich, welche Kleider infrage kommen.«

Nina ergab sich ihrem Schicksal, und als sie nach vielen Stunden zum ersten Mal in den Spiegel schauen durfte, erkannte sie sich selbst nicht wieder.

Dieses Mal, dachte sie, dieses Mal bin ich das Aschenputtel.

»Donnerwetter, mein Goldstück! Du siehst aus wie eine waschechte Prinzessin.«

Henni hatte die Boutique betreten, als Nina noch sprachlos vor dem Spiegel gestanden hatte.

»Oder nein, ich korrigiere mich. Du siehst aus wie eine Hollywood-Schönheit.« Sie runzelte die Stirn, betrachtete Nina von allen Seiten und schnippte dann mit den

Fingern. »Ich hab's! Grace Kelly! Wenn Fürst Rainier von Monaco zuerst dich gesehen hätte, würde er dir jetzt den Hof machen.«

»Ach, jetzt hör schon auf«, murmelte Nina, war aber selbst von ihrem Anblick so fasziniert, dass sie kaum zuhörte.

Die Frauen hatten sie in eine wahre Schönheit verwandelt. Ihr blondes Haar war oben leicht toupiert, fiel an den Seiten locker herunter und endete in einer weichen Welle auf den Schultern. In ihrem Gesicht kaschierten eine helle Grundierung und eine leichte Puderschicht kleine Unebenheiten. Geschickt aufgetragenes Rouge betonte ihre hohen Wangenknochen, und auf magische Weise wirkte ihre Nase kleiner. Die Augen waren mit einem kräftigen schwarzen Lidstrich und viel Wimperntusche betont worden, ihre von Natur aus vollen Lippen wurden mit einem kräftigen Rotton zum Blickfang.

»Ich werde nichts essen und nichts trinken«, murmelte Nina. »Wenn ich etwas verschmiere, verzeihe ich mir das im Leben nicht.«

Auch ihr Kleid war ein Traum. Es wirkte, als wäre es extra für sie geschneidert worden – ebenfalls leuchtend rot, schulterfrei mit einem engen Oberteil und einem weit schwingenden Rock, der bis zu den Knöcheln reichte.

Bei der ersten Anprobe hatte Nina den herrlich glänzenden Stoff bewundert und von Sophie erfahren, dass es Seide war. Welch eine verschwenderische Fülle!

»Allein aus dem Rock könnte man drei Etuikleider schneidern«, hatte Sophie hinzugefügt.

Ninas Füße steckten in goldenen Sandalen mit niedrigem Absatz. Die erste Wahl des Schuhhändlers, nämlich ein Paar hochhackige Pumps, hatte sie rundweg abgelehnt. Sie habe nicht die Absicht, vor aller Welt auf die Nase zu fliegen. Ihre Zehennägel waren ebenso wie die Fingernägel in einem sanften Roséton lackiert. Ninas Hände, an denen noch immer die alten Narben zu sehen waren, steckten zwar in weißen Satinhandschuhen, aber es war nicht infrage gekommen, die Nägel unbearbeitet zu lassen.

Raffaella musterte das Gesamtwerk kritisch. Dann verschwand sie kurz in ihrem Büro und kam mit einer goldenen Halskette wieder, die sie Nina umlegte.

»So ist es perfekt.«

Nina zögerte. »Ich weiß gar nicht, ob das noch ich bin.«

»Natürlich bist du das«, entgegnete Henni. »Nur eben in einer Version, die dir noch fremd ist.«

Nina hatte so ihre Zweifel, ob sie diese Version besser kennenlernen wollte. Wahrscheinlich werde ich nie wieder so aussehen, dachte sie.

Doch für einen Abend war das in Ordnung, und die Frauen um sie herum freuten sich, als hätten sie ein Kunstwerk erschaffen.

Also lächelte sie, bedankte sich und ließ sich sogar noch eine Nerzstola umhängen, denn später könnte es kühl werden.

Sie musste daran denken, dass Piero ihr einmal gesagt hatte, wie wundervoll sie in einem roten Kleid aussehen würde. Das Herz wurde ihr schwer, doch sie ließ sich nichts anmerken.

In der Zwischenzeit hatte Henni sich in eine hautenge, mit viel Spitze besetzte schwarze Abendrobe helfen lassen.

»Hast du auch etwas vor?«, fragte Nina.

»Dasselbe wie du, mein Goldstück. Luigi ist ebenfalls zu dem Fest eingeladen, samt Begleitung. Es soll wohl eine Art Wiedergutmachung für den jahrelangen Streit zwischen dem Hotel und der Pension sein.«

Nina strahlte. »Ein Glück! Dann fühle ich mich bestimmt nicht so fehl am Platz.«

Henni lächelte, aber ihre Stirn war sorgenvoll gerunzelt.

19. Kapitel

Zum ersten Mal betrat Nina die Terrasse des Grand Hotels als Gast. Vor lauter Nervosität nahm sie sich ein Glas Champagner von einem Tablett, nippte dann aber nur daran. Auf keinen Fall wollte sie sich einen Schwips antrinken.

Sie war zu früh gekommen, das erkannte sie auf Anhieb. Nur wenige Gäste hatten sich bisher eingefunden. Wer auf sich hielt, erschien zu spät.

Die Kellner standen in Grüppchen zusammen, und Nina spürte so manch einen bewundernden, aber auch neidischen Blick. Am liebsten wäre sie zu dem befrackten Personal gegangen und hätte erklärt, dass ihr überhaupt nichts an ihrer Aufmachung lag. Ihre Freundinnen seien dafür verantwortlich, und sie hätte ihnen den Spaß nicht vermiesen wollen. Auch würde sie liebend gern auf dieses Fest verzichten. Sie gehöre nicht hierher, in der Küche fühle sie sich viel wohler.

Nina umfasste ihr Glas ein wenig fester. Sie bemühte sich, entspannt zu wirken, schlenderte umher und schaute sich die ganz in Weiß eingedeckten Tische an. Einzig das Besteck und die Serviettenringe glänzten silbern.

Ein bisschen farblos, dachte sie, aber es passte zur Fassade des Grand Hotels, das, strahlend angeleuchtet, wie ein majestätischer weißer Ozeandampfer in die hereinbrechende Dunkelheit segelte.

Im Park hingen immerhin bunte Lichter, und auch die Abendroben der nach und nach eintreffenden Damen setzten erste Farbtupfer.

Doch keines der Kleider war so leuchtend rot wie Ninas, und sie begann sich zu fragen, ob auf Raffaellas Geschmack wirklich Verlass war.

Das Orchester stimmte noch seine Instrumente, weitere Paare erschienen.

Paare.

Nina wurde bewusst, dass sie an diesem Abend wahrscheinlich die einzige unbegleitete Frau sein würde.

Wie peinlich!

Warum bloß hatte sie nicht früher daran gedacht?

Warum war sie nicht wenigstens zusammen mit Stefano Galli erschienen? Aber der Chefkoch würde seine Frau mitbringen. Auch wenn sie in seiner Nähe bleiben sollte, so würde sie doch das fünfte Rad am Wagen sein.

Sie nippte an ihrem Champagner. Maurizio Benevento wäre ein passender Kavalier gewesen. Mit ihm hätte sie sich nicht wie eine Außenseiterin fühlen müssen.

Aber zu welchem Preis? Gewiss hätte er eine Einladung von ihr falsch verstanden, hätte geglaubt, er sei nun endlich am Ziel. Nein, Benevento wäre nicht infrage gekommen.

Noch einmal nahm Nina einen winzigen Schluck. Mit Piero wäre sie gern auf dieses Fest gegangen, überlegte sie.

Sie war davon überzeugt, dass er im Smoking eine gute Figur abgeben würde. Aber natürlich hätte sie niemals den Mut aufgebracht, ihn zu fragen. Er hätte ihre Bitte vermutlich ohnehin abgeschlagen.

Plötzlich spürte sie ein Prickeln im Nacken, und als sie sich langsam umwandte, entdeckte sie Piero. Er trug einen schwarzen Smoking und sah umwerfend aus.

Sie konnte kaum atmen.

Träumte sie, oder stand da wirklich Piero Antonelli – der Mann, den sie liebte – und schaute sie an? Eben noch hatte sie dem Orchester gelauscht, das zu einer ersten Melodie angesetzt hatte, nun erreichte einzig ein Rauschen ihre Ohren. Die anderen Partygäste nahm sie kaum noch wahr, es zählte nur Piero. Seine bernsteinfarbenen Augen funkelten.

Dann wandte er sich abrupt ab. Die Welt kehrte zurück, und doch wurde ihr mit einem Mal klar: Auch Piero empfand etwas für sie. Seine Gleichgültigkeit war nur gespielt.

Irgendwie musste sie ihn aus der Reserve locken. Nina hatte keine Ahnung, wie sie das bewerkstelligen sollte, aber sie fasste neuen Mut.

Henni und Luigi traten zu ihr.

»Hallo, mein Goldstück. Du siehst fabelhaft aus.« Henni strahlte sie an. Auch Luigi lächelte voller Bewunderung. Im Gegensatz zu seinem Sohn wirkte er unglücklich in seinem Smoking, der am Bauch spannte und an den Knöcheln zu lang war. Aber er schlug sich tapfer.

Henni, die Ninas Verwirrung bemerkte, fragte: »Hätte ich dir sagen sollen, dass Piero auch eingeladen ist?«

»Nein, ist schon gut.«

»Er hat sich erst im letzten Moment entschieden zu kommen.«

»Verstehe.«

Sie blickte sich um und hoffte, etwas zu entdecken, um das Thema wechseln zu können. Da bemerkte sie einen Mann, der an einem Tisch saß, sie aufmerksam beobachtete und etwas auf eine Serviette kritzelte. Er trug sein volles dunkles Haar zurückgekämmt, besaß kühn geschwungene Augenbrauen und war ein wenig füllig.

»Wer ist das?«, fragte sie.

Luigi folgte ihrem Blick, und ein stolzes Lächeln erhellte sein Gesicht.

»Federico Fellini«, sagte er.

»Wer?«, fragte Henni.

»Mein Herz, du kennst Fellini nicht?«

»Sollte ich?«

»Er ist erst fünfunddreißig, aber schon berühmt«, erklärte Luigi, als spräche er von seinem eigenen Sohn.

»Als Schauspieler?«, fragte Henni.

»Nein, als Regisseur. Sein bekanntester Film heißt *La Strada*.«

»Nie gehört.«

»Vielleicht wurde er ja in Deutschland noch nicht gezeigt«, überlegte er.

»Gut möglich«, mischte sich Nina ein. »Es dauert ja immer, bis Filme synchronisiert sind.«

Luigi nickte. »Fellini stammt aus Rimini, lebt aber seit vielen Jahren in Rom. Wenn er Heimweh bekommt, logiert er im Grand Hotel.«

Sein Gesichtsausdruck verriet Nina, dass es für ihn einem Wunder gleichkäme, wenn dieser berühmte Regisseur irgendwann in seiner bescheidenen Pension übernachten würde.

»Ich habe gehört, dass er darüber nachdenkt, eines Tages einen Film zu drehen, in dem auch das Grand Hotel vorkommt«, fuhr Luigi fort. »Einen Film über seine eigene Kindheit, als er und seine Freunde heimlich die vornehmen Herrschaften auf ihren Festen beobachteten. Wäre es nicht wundervoll, wenn meine Pension gezeigt würde?«

»Ganz bestimmt«, sagte Nina. »Aber warum sieht er mich die ganze Zeit an? Und was kritzelt er da auf die schöne Damast-Serviette?«

»Oh, er ist ein großer Künstler. Wahrscheinlich zeichnet er dich. Weißt du, er ist mit der bezaubernden und winzigen Giulietta Masina verheiratet, aber er bewundert große, blonde Frauen. Allerdings müsstest du …«

Luigi klappte schnell den Mund zu.

»Was?«, fragte Nina. Die Unterhaltung begann, ihr Spaß zu machen. Sie musste dabei weder an Piero noch an Maurizio denken.

Luigi lief rot an.

»Hilf mir, mein Herz«, bat er Henni und machte eine unmissverständliche Bewegung mit beiden Händen vor dem eigenen Brustkorb.

Henni lachte, und Nina stimmte ein.

Sie hatte verstanden. Für diesen italienischen Regisseur war sie nicht vollbusig genug.

Ihr Lachen erregte Aufmerksamkeit, und beide Frauen gaben sich Mühe, wieder ernst zu werden.

Im nächsten Moment stand Fellini auf, kam mit großen Schritten auf sie zu und überreichte ihr die Serviette wie ein kostbares Geschenk. In seinen Augen funkelte so etwas wie Bedauern.

Nina bedankte sich und schaute sich dann mit Henni und Luigi die Zeichnung an.

»Das hätte er wohl gern!«, empörte sie sich, denn auf der Zeichnung besaß sie das, was ihr im wahren Leben fehlte.

»Dafür ist deine Nase kleiner. Und deine Haare sind länger«, stellte Henni fest.

Stirnrunzelnd betrachtete Nina die Zeichnung erneut. Die Frau hatte den Kopf in den Nacken gelegt und die Augen geschlossen.

»Wo bin ich denn da? Im Meer?«

Luigi schüttelte den Kopf. »Nein, das sieht wie ein Brunnen aus. Da, diese angedeuteten Skulpturen im Hintergrund. Das könnte der Trevibrunnen in Rom sein.«

»Na prima«, meinte Nina. »Ich soll also nach Rom fahren und im Abendkleid in einem Brunnen baden.«

Luigi hob die Schultern. »Wie gesagt, er ist ein großer Künstler und ein Visionär. Eines Tages wird es einen Film mit genau dieser Szene geben.«

»Aber nicht mit mir«, erklärte Nina und faltete die Serviette zusammen.

»Heb sie gut auf«, riet ihr Luigi. »Vielleicht ist sie in Zukunft viel wert.«

Nina schüttelte schmunzelnd den Kopf, steckte die Serviette aber folgsam in ihr Abendtäschchen.

Die Kellner gingen jetzt mit den Vorspeisen herum, und viele der Gäste setzten sich an die Tische. Auch Nina, Henni und Luigi nahmen Platz, und Nina erzählte stolz, die Olive Ascolane hätte sie selbst zubereitet.

Henni und Luigi probierten davon und erklärten, etwas Besseres hätten sie ihr Lebtag nicht gegessen.

Nina lächelte dankbar.

Erst als alle anderen Gäste eingetroffen waren, erschien auch Maurizio Benevento.

»War ja klar, dass der seinen großen Auftritt haben muss«, sagte Henni. Dann wandte sie sich an Nina. »Habe ich mich schon bei dir entschuldigt, dass ich dich in seine Arme treiben wollte? Wenn nicht, möchte ich das hiermit nachholen. Ich täusche mich nicht so oft in meinen Mitmenschen, aber dieser Italiener hat mich tatsächlich geblendet.«

Nina hörte gar nicht zu, sondern beobachtete Maurizio und seine Begleiterin. Eine wunderschöne Blondine hing an seinem Arm und schaute ihn verliebt an. Sie sah aus wie eine jüngere Ausgabe Ninas.

Langsam stolzierte Maurizio mit der hübschen jungen Frau über die Terrasse, grüßte hier und dort und blieb eine Weile an Fellinis Tisch stehen, der die Blondine zu Ninas Überraschung kaum beachtete.

»Er ist nur an Damen mit Charakter interessiert«, erklärte Luigi.

Maurizio wirkte enttäuscht, weil seine Eroberung bei dem Regisseur keinen Eindruck hinterließ, fing sich aber schnell wieder und zog weiter. Er ließ sich ein paar Tische weiter mit der Blondine nieder.

Hat er mich durch eine andere Frau ersetzt?, fragte sich Nina. Habe ich jetzt endlich meine Ruhe?

Dann fiel ihr Blick auf Henni, die mit den Augen die Terrasse und auch den Park absuchte.

»Wartest du auf jemanden?«

»Was? Nein.«

Doch so schnell ließ Nina nicht locker. Ihre Freundin wirkte sichtlich angespannt.

»Irgendwas verschweigst du mir, das sehe ich dir doch an.«

»Sagen wir mal so, mein Goldstück. Ich habe dafür gesorgt, dass du beschützt wirst.«

»Wie meinst du das? Von wem?«

»Nun …«

Aber bevor Henni weitersprechen konnte, sprang die junge Frau plötzlich auf, hielt sich beide Hände an den Hals, krächzte etwas Unverständliches und lief dunkelrot an.

»Dio mio!«, rief Luigi. »Sie erstickt!«

Nina war wie gelähmt.

Alles schrie und rannte durcheinander. Nur Benevento blieb auffällig ruhig. Mehr noch: Er sah sich um, als ob er sich vergewissern wollte, dass wirklich alle Aufmerksamkeit auf seine Begleiterin gerichtet war. Erst dann erhob er sich, trat hinter sie, legte seine Arme um ihren Körper und drückte ein paarmal kräftig zu.

Die Blondine gab ein gurgelndes Geräusch von sich, und etwas flog in hohem Bogen aus ihrem Mund. Ein paar Leute sprangen schnell zur Seite, ein paar andere jubelten Benevento zu wie einem Helden.

Er setzte eine bescheidene Miene auf, ließ seine Freundin los, bückte sich und hob den Gegenstand auf, an dem sie beinahe erstickt wäre.

»Ein Olivenkern!«, rief er laut. »Die schöne Isabella hat ahnungslos ein paar Olive Ascolane gegessen und wäre fast daran gestorben. Wer hat die zubereitet? Warum enthalten sie noch die Kerne?«

Nina spürte, wie ihr alles Blut aus dem Gesicht wich. Nie im Leben hatte sie Kerne in den Oliven vergessen. Sie war eine sorgfältige Köchin und überprüfte jedes Gericht gewissenhaft, bevor sie es herausgab.

Stefano Galli war im richtigen Augenblick zur Stelle. Es galt, den guten Ruf seiner Küche zu verteidigen. »Will hier jemand meine Köchin verdächtigen?«

O Gott!, dachte Nina. Erst jetzt wurde ihr klar, dass ihre Karriere auf dem Spiel stand. Das ist also Beneventos Rache, schoss es ihr durch den Kopf. Er will meine Karriere zerstören. Sie bemerkte einige feindselige Blicke, sowohl unter den Gästen als auch unter den Angestellten.

»Das war Absicht«, raunte sie Henni zu. »Das hat er inszeniert.«

»Ich weiß, mein Goldstück. Doch wir können es nicht beweisen. Du solltest hier verschwinden.«

»Das ist nicht meine Schuld«, rief Nina empört. »Benevento wollte mich reinlegen!«

»Du weißt das, und ich weiß das. Und auch dein Chef scheint zu ahnen, dass hier etwas nicht mit rechten Dingen zugeht. Aber für alle anderen würde ich nicht die Hand ins Feuer legen. Komm, nichts wie weg.«

Nina blieb stehen, sie war wie erstarrt. »Ich verstehe nicht, warum ich mich so in Benevento getäuscht habe. Wie kann ein Mann nur so rachsüchtig sein!«

»Darüber kannst du dich später noch aufregen. Erst mal müssen wir dich in Sicherheit bringen.«

Da trat auf einmal Timo vor, und erst in diesem Moment erkannte Nina, dass er sich wahrscheinlich schon den ganzen Abend unauffällig unter die Kellner gemischt hatte. Er trug eine Art Uniform, die ihm seine Mutter zusammengestellt haben musste und die sich kaum von denen der anderen Angestellten unterschied. Allerdings waren die Frackschöße extra angenäht, und der Lack auf seinen Schuhen sah verdächtig nach schwarzem Glitzerpapier aus.

Timo näherte sich der Blondine, griff sich ihr Abendtäschchen und kippte es auf dem Tisch aus.

Ein Aufschrei ging durch die Gäste. Jemand wollte den Jungen schon packen, da kullerte ein halbes Dutzend Olivenkerne über die blütenweiße Tischdecke.

»Was hat das zu bedeuten?«, fragte Stefano Galli.

Er betrachtete die Kerne, ließ sich von Benevento den ausgespuckten Kern aushändigen und rief: »Betrug! Diese Kerne können unmöglich aus unseren Olive Ascolane stammen, denn sie gehören eindeutig zu schwarzen Oliven.«

Von irgendwo erklang der Ausruf: »Miserable Vorstellung!«

»Das war Fellini«, flüsterte Luigi hinter vorgehaltener Hand Henni und Nina zu.

Nina begriff nur langsam, dass sie gerettet war. Während Maurizio und seine Freundin unter den Spottrufen der Gäste das Weite suchten, kam Galli zu ihr und sagte: »Es tut mir leid, dass Sie einem solchen Verdacht ausgesetzt worden sind.«

»Ist ja nicht Ihre Schuld«, gab Nina zurück und hörte selbst, dass ihre Stimme zitterte.

Ihr Chef nickte. »Falls Sie nach Hause gehen wollen, kann ich das verstehen.«

»Vielleicht mache ich einen Spaziergang«, sagte sie.

»Aber nicht allein!«, befahl Henni, steckte zwei Finger in den Mund und stieß einen durchdringenden Pfiff aus. Augenblicklich bauten sich Timo, Sophie und Domenico vor dem Tisch auf.

Domenico? Nina staunte. Die drei sahen aus, als wären sie schon immer eine Familie gewesen. Timo grinste stolz, und auch Sophie strahlte vor Glück.

»Danke«, sagte Nina zu Timo. »Du hast was gut bei mir.«

Er zuckte betont locker mit den Schultern. »War keine große Sache. Diese Freundin von Benevento war mir von Anfang an suspekt. Ich habe sie im Auge behalten und genau gesehen, wie sie in ihr Täschchen gegriffen hat, bevor sie angeblich fast erstickt ist.«

Nina bedankte sich trotzdem noch einmal und sagte dann zu den anderen: »Ich glaube, ich gehe lieber allein.«

»Kommt nicht infrage.«

Sie wirbelte herum. Die Stimme kannte sie nur zu gut. »Piero!«

»Ich begleite dich«, entschied er, ohne sie anzusehen oder ihre Zustimmung abzuwarten. »Komm.«

Henni warf ihr die Nerzstola zu, und sie legte sie sich über die Schultern.

Sie und Piero durchquerten den Park und liefen die Promenade entlang zum Meer. Zwei alte Männer kamen ihnen entgegen und bedachten Nina mit bewundernden Blicken. Eine Frau führte ihren Königspudel aus, zwei Mädchen sausten auf ihren Fahrrädern vorbei, ein junges Pärchen hielt sich an den Händen. Im Vergleich zum Sommer war es jedoch ausgesprochen ruhig. Der Septemberabend war kühl, und Nina kuschelte sich in ihre Stola.

Lange gingen sie schweigend nebeneinanderher. Ein paar Mal wollte Nina etwas sagen, doch ihr fehlte der Mut.

Als sie schon nicht mehr damit rechnete, sprach er endlich, und sie konnte ihm anhören, dass ihn jedes Wort Überwindung kostete.

»Verzeih mir, Nina. Ich war ein Idiot. Ich hätte dich niemals beschuldigen dürfen, für Maurizio Benevento zu spionieren. Du hast mir immer die Wahrheit gesagt, und ich habe dir nicht geglaubt.«

Sie wusste nicht, was sie erwidern sollte.

Piero räusperte sich. »Ich habe gesehen, was auf der Terrasse passiert ist. Und einer der Köche hat mir erzählt, dass du die Olive Ascolane zubereitet hast. Da ist mir endlich bewusst geworden, dass Benevento dir ebenso schaden will wie allen anderen Menschen, die nicht nach seiner Pfeife tanzen.«

»Verstehe«, sagte Nina langsam. »Und weil der Bösewicht es jetzt auch auf mich abgesehen hat, bin ich plötzlich die Gute? Machst du es dir nicht ein bisschen zu leicht?«

»So habe ich das nicht gemeint. Ich war ein Sturkopf. Den habe ich von meiner Mutter geerbt, jedenfalls behauptet das mein Vater. Er redet seit Wochen auf mich ein, dass ich über meinen Schatten springen muss.«

»Dein Vater ist ein wunderbarer Mensch. Ich weiß, er wird Henni sehr glücklich machen«, sagte Nina voller Zuneigung.

Piero überging die Bemerkung. Anderes lag ihm auf der Seele.

»Und wenn wir die Sache mit Benevento mal außer Acht lassen: Ich habe dich nur voller Vorurteile betrachtet.«

»Ach ja, die flatterhafte Touristin.«

»Mhm.«

»Und denkst du jetzt anders?«

»Ja«, sagte er fest. »Du bist eine ehrliche und zauberhafte junge Frau, Nina. Ich habe zu lange gebraucht, um das zu erkennen. Und du bist wunderschön.«

Ihr Gesicht fühlte sich heiß an. Sie war froh, dass er es im Dämmerlicht nicht sehen konnte.

»Aber ich bin keine Italienerin.«

»Wie gesagt, Nina, ich war ein Idiot.«

»Ja, das warst du. Und nur damit du es weißt: Nicht nur Italienerinnen mögen Kinder.«

Er lächelte sie liebevoll an, und in seinem Blick lag das Versprechen einer gemeinsamen Zukunft.

Er blieb stehen, und sie folgte seinem Beispiel. Seite an Seite schauten sie auf das nachtdunkle Meer.

Piero räusperte sich erneut, aber diesmal kam Nina ihm zuvor. Sie fand, er hatte sich genug Vorwürfe gemacht.

»Ich liebe dich«, sagte sie. Und, für den Fall, dass er seine Deutschkenntnisse schlagartig vergessen haben könnte: »Ti amo.«

»Nina«, sagte er leise. »Hör mir zu.«

Sie erschrak. Klang da ein Vorwurf in seiner Stimme mit? War sie zu weit gegangen?

»So geht das nicht«, erklärte er prompt. Dann drehte er sich zu ihr um und küsste sie sanft.

Und dann sagte er: »Du musst noch viel lernen über uns Italiener. Dass eine Frau dem Mann zuerst ihre Liebe erklärt, ist inakzeptabel. Also, fangen wir noch einmal von vorne an: Ich liebe dich, Nina.«

Fenna Janssen
Die kleine Inselschule
Roman
268 Seiten. Broschur
ISBN 978-3-7466-4058-7
Auch als E-Book lieferbar

Ein Nordseesommer voller Liebe

Als Grundschullehrerin Katharina mit ihrer Tochter für eine Mutter-Kind-Kur nach Langeoog reist, findet sie unverhofft Anschluss auf der Insel. Auch der etwas schüchterne Lehrer Barne lässt sie von einem Neuanfang an der Nordsee träumen – zumal die kleine Grundschule auf der Insel sie dringend als Lehrerin braucht, um fortzubestehen. Auch Mila geht es an der Meeresluft deutlich besser, gleichzeitig träumt sie von einer heilen Familie mit Vater, Mutter und Kind. Als dann eines Tages Milas Vater Leo plötzlich auf Langeoog auftaucht, ist Katharinas Gefühlschaos perfekt.

Warmherzig, romantisch und voller Witz – die perfekte Strandkorb-Lektüre

Regelmäßige Informationen erhalten Sie über unseren Newsletter.
Jetzt anmelden unter: www.aufbau-verlage.de/newsletter

aufbau taschenbuch

Nico Mahler
Bella Famiglia
Sofia und die Kunst des Eismachens
Roman
349 Seiten. Broschur
ISBN 978-3-7466-4050-1
Auch als E-Book lieferbar

Gelato D'Amore

München, 1966: Sofia sehnt sich nach der wahren Liebe. Jeden Freitag im Eissalon Bella Italia träumt sie sich in den Süden: nach Venedig, den verheißungsvollen Sehnsuchtsort. Doch Eigenbrötler Lorenzo, der Besitzer des Salons, weiß, dass das Leben in Italien auch hart und entbehrungsvoll sein kann. Seit Generationen lebte seine Familie im Val di Zoldo, dem Tal der Eismacher. Bis zu dem einen, verhängnisvollen Tag, nach dem Lorenzo seiner Heimat für immer den Rücken kehrte …

Eine fulminante Geschichte über die Eismacher, die das Gelato zu uns brachten

Regelmäßige Informationen erhalten Sie über unseren Newsletter.
Jetzt anmelden unter: www.aufbau-verlage.de/newsletter

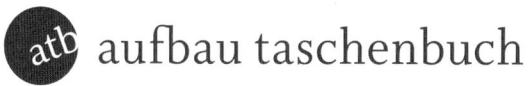

aufbau taschenbuch

Liane Wilmes
Die Melodie der Wellen
Roman
359 Seiten. Broschur
ISBN 978-3-7466-4112-6
Auch als E-Book lieferbar

Der Sommer klingt nach Meer

Anna hat es vermasselt. Der jungen Geigerin bleibt nur noch eine Chance, um einen Platz am Leipziger Konservatorium zu ergattern und in die Fußstapfen ihrer verstorbenen Mutter zu treten. Doch wie soll sie bis Ende des Sommers ihre Prüfungsangst überwinden, um bei den Nachprüfungen zu brillieren? Anna muss sich ihren Ängsten stellen und fährt nach Langeoog, um ihren Vater kennenzulernen, einen berühmten Regisseur. An der Nordsee jedoch bringt nicht nur ihr Vater, sondern auch die Liebe alles gehörig durcheinander …

Eine so romantische wie berührende Geschichte über Liebe, Verlust und große Träume

**Regelmäßige Informationen erhalten Sie über unseren Newsletter.
Jetzt anmelden unter: www.aufbau-verlage.de/newsletter**

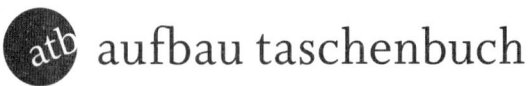

Julie Peters
Ein Sommer im Alten Land
Roman
318 Seiten. Broschur
ISBN 978-3-7466-3908-6
Auch als E-Book lieferbar

Der Duft von Apfelblüten

Alix ist Parfümeurin, aber nach einem Unfall kann sie ihren Beruf nicht mehr ausüben. Als auch noch ihre Beziehung kriselt, flieht sie in die Provence. Doch in Grasse, der Stadt der Düfte, erinnert sie zu viel an das, was sie verloren hat. Da kommt die Einladung ihrer Tante auf den Apfelhof im Alten Land mehr als recht. Könnte sie hier nicht eine Seifenmanufaktur errichten, wie in Südfrankreich? Ihre Tante ist alles andere als begeistert, außerdem steht der Hof kurz vor dem Ruin. Nur der benachbarte Ökobauer Johann unterstützt ihre Ideen, oder hat er mit dem Apfelhof ganz eigene Pläne?

Von der Autorin der erfolgreichen Dorfärztin-Saga: eine Sommerlektüre zum Verlieben

Regelmäßige Informationen erhalten Sie über unseren Newsletter.
Jetzt anmelden unter: www.aufbau-verlage.de/newsletter

aufbau taschenbuch